구부전

구부전

듀나

너무 많은 가장자리들
그토록 적은 중심에 너무 많은 가장자리

앙리 미쇼, 〈분리〉

◇

차례

⊖

구부전 .. 9

추억충 .. 101

왕의 넋 .. 131

가말록의 탈출 .. 151

죽은 자들에게 고하라 .. 179

겨자씨 .. 225

안개와 더러운 공기 속에서 .. 269

완성되지 않을 이야기들에 관하여 .. 301

작가의 말 .. 312

⊖

구부전舅婦戰

1

이야기를 하나 들려드릴게요. 1842년, 그러니까 여기 나이로 제가 막 열아홉 살이 되었던 때 겪은 일입니다. 벌써 믿을 수 없다는 표정이시군요. 그래도 잠시 의심을 접고 들어주시겠습니까?

혹시 조선이라는 나라를 아시나요? 제 고향입니다. 중국과 일본 사이에 있는 작은 반도 국가였는데, 세기 초에 일본의 식민지가 되었습니다. 이번 전쟁이 끝난 뒤엔 또 어떻게 될지 모르겠군요. 아직도 독립운동을 하는 사람들이 있다고 들었습니다.

이야기를 시작하기 전에 이 나라에 대해 좀 더 많이 알려드리고 싶지만 쉽지 않습니다. 전 백 년 전에

구부전

그곳을 떠났습니다. 나라 밖에서 조선은 투명하기 그지없는 곳입니다. 대부분 있는지도 모르고 아는 사람도 관심이 없습니다. 이런 상황에서 제 흐려져가는 기억과 지식을 보조해줄 책을 찾는 건 힘든 일입니다. 저에게 조선은 늘 좀 이상하다는 말을 들었던 여자아이가 19년 동안 살았던 작은 동네입니다.

태어나서 15년 동안 전 아버지와 함께 살았습니다. 어머니는 저를 낳을 때 세상을 떴다고 합니다. 아버지는 양반이라고 하는 지배계급의 끄트머리에 속해 있는 학자였는데 호기심이 많고 영민했지만 한심할 정도로 무능하고 가난했습니다. 할 줄 아는 것은 오로지 책을 읽고 책에 대해 이야기하고 책에 대해 쓰는 것밖에 없었지요. 전 아버지가 밥벌이가 되는 일을 하는 걸 본 적이 없습니다. 우리 둘이 굶어 죽지 않은 것 자체가 신기했지요.

아버지는 가톨릭 신자였습니다. 조선의 가톨릭 신자들은 1839년에 험한 일을 치렀으니 운이 나빴다면 저희 부녀도 무슨 일을 당했을지 모릅니다. 하지만 아버지는 편리하게도 그 이전에 세상을 떴고 아버지의 친구들은 장례가 끝나자 집에 있던 위험한 책들을 모두 불질러버렸습니다.

아는 친척들도 없었고 아버지 친구들도 사정이 특별히 좋지 않아서 앞날이 컴컴했는데, 마침 저에게 엄청난 행운이 닥쳤습니다. 살던 산속 오두막집에서 하루 걸으면 나오는 곳에 있는 양반집에서 저를 며느리로 데려간 것입니다.

신데렐라 이야기 같지만 그렇지는 않습니다. 제가 감히 상상도 할 수 없었던 어마어마한 집안이었던 것은 맞습니다. 하지만 아버지 친구들의 소개로 찾아온 사람들이 저와 짝 지어주려 했던 남자는 머리가 많이 모자랐습니다. 어렸을 때 머리를 다쳐서 그렇게 되었다고도 하고 약을 잘못 먹어서 그렇게 되었다고도 하는데 어느 말이 사실인지는 저도 모르겠습니다. 당연히 주변에서는 딸을 주길 꺼려했지요. 전 산속에서 버릇없이 막 자란 아이이긴 했지만 그래도 양반집 규수였고 교육도 괜찮게 받았으니 그들이 보기에 나쁘지 않은 며느릿감이었습니다.

남편에 대해 나쁜 소리를 할 생각은 없습니다. 그는 마을에 하나씩 있는 '동네 바보'였습니다. 둔하고 지저분하고 착하고 순진했습니다. 어린애 같은 사람치고는 지나치게 색을 밝히긴 했습니다만 그것까지 제가 뭐랄 수는 없는 노릇이지요. 단지 남편 닮은 바보를 낳을까봐 걱정을 하긴 했습니다. 말도 안 되는 생각이었지요. 하지만 멘델 신부가 유전학의 원리를 알아내기 전까지는 서양 사람들도 이에 대해 잘 모르지 않았습니까.

우린 딱 8개월을 함께 살았습니다. 남편은 사고로 죽었습니다. 동네 아이들과 돼지 오줌보로 만든 공을 갖고 놀다가 내리막을 굴러오는 수레의 바퀴에 깔려 머리가 부서졌지요. 집안에서는 슬퍼하는 동시에 개운해했습니다. 아무리 아끼는 아들이고 동생이었어도 집안의 짐이었으니까요. 시어머니만은 진심으로 슬퍼했던 것 같고 별 이유 없이 저를 원망했던 것도 같은데 그래도 내색은 하지 않았습니다.

집안사람들은 대부분 저를 동정했습니다. 어린 나이에 독수공방하는 청상과부가 되었다고요. 하지만 남들이 그렇게 생각하건 말건 전 그 이후 몇 년 동안 정말 행복했습니다. 남편을 싫어하지는 않았습니다. 하지만 그는 둔하고 귀찮은 짐승 같은 사람이기도 했습니다. 그리고 독수공방이 뭐가 나쁘다는 것입니까?

그건 저만의 방을 가졌다는 뜻이었습니다. 난생처음으로 춥지도 않고 배고프지도 않고 깨끗한 몸으로 독방을 차지하고 앉아 아무런 방해 없이 뭐든지 할 수 있었는데 제가 불쌍하다고요? 그 사람들은 담 밖의 진짜 불쌍한 사람들이 어떻게 사는지 정말 몰랐던 걸까요?

전 아흔아홉 칸이나 되는 그 커다란 저택에서 가장 한가한 사람이었습니다. 가장 힘든 일은 모두 종과 머슴 차지였습니다. 시아버지는 쟁쟁한 학자였고 집에 같이 사는 아들들도 지역에서 영향력이 컸으니 당연히 할 일이 많았습니다. 워낙 큰 집이었으니 시어머니와 그 밑의 여자들이 해야 할 집안일도 많았습니다. 단지 저만은 그 어디에도 끼지 못해 어정쩡하게 방치된 상태였습니다. 시어머니 지휘 아래 여자들이 모여 일을 하는 동안에도 전 늘 은근슬쩍 뒤로 밀려났어요. 그 집 종들이 제 지시를 잘 따르거나 자기들 틈에 끼워준 것도 아니고요. 다들 동정하고 경멸하면서 건드리지 않았지요.

하지만 전 혼자 잘 노는 편이었습니다. 산속에서 친구 없이 자라면서 늘 그랬어요. 새 놀 거리를 찾는 건 쉬운 일이었습니다.

우선 그 집엔 읽을 책들이 많았습니다. 학자 집안
이라 원래 책이 많긴 했지만 사랑채에 있는 남자들
책에는 접근하기도 어려웠고 관심도 없었죠. 하지만
여자들이 살고 있는 안채의 400권이 넘는 책들도 당
시 조선 기준으로는 엄청나게 많은 양이었습니다. 그
중 상당수는 소설책 필사본이었고 60권은 첫째 형님
의 어머니가 직접 썼다는 중국 배경의 장편소설이었
습니다.

소리꾼들에게 정신이 팔렸던 적도 있었습니다. 바
다 왕을 속인 영리한 토끼나 바람둥이 남편을 골려주
는 아내에 대한 옛날이야기에 곡을 붙여 불렀던 그
들은 조선의 프랭크 시나트라였습니다. 하여간 그들
이 부르는 노래를 너무 좋아해서 담을 넘어 몰래 가
출해 소리꾼이 공연한다는 근처 마을을 찾아간 적도
있었습니다. 정신 차리고 걱정하며 돌아와 보면 다들
제가 나갔는지도 모르더군요. 당시 제가 들었던 노래
를 들려드리고 싶은데, 조선의 노래는 선율을 기억하
기가 쉽지 않아요. 볼프강 아마데우스 모차르트와 콜
포터가 제 기억을 다 먹어버렸습니다.

그래도 시간이 남으면 여기저기에서 모은 자투리 종이에 그림을 그렸습니다. 제가 그렸던 그림은 당시 조선 사람들이 익숙했던 그림과 많이 달랐는데요. 그건 제 예술적 영감과 기술의 원천이 어느 18세기 프랑스 화가가 그린 어린 소녀의 미니아튀르 초상화와, 비슷한 시기에 만들어졌을 것으로 추정되는 팸플릿에 수록된 다소 선정적인 열두 장의 동판화였기 때문입니다. 모두 할아버지로부터 물려받은 잡동사니 중 일부였는데 둘 다 청나라를 통해 건너왔겠지요. 아버지의 책은 대부분 친구들이 가져갔거나 불질렀지만 전 그것들을 작은 도자기 성모상과 함께 지켜내 시댁까지 가져왔습니다. 당시 전 더 많은 '예쁜 여자 그림'을 원했는데 제 주변에서는 그냥 여자 그림도 찾기 어려웠으니 자체 조달을 할 수밖에요.

친구가 없었던 건 아니었습니다. 아흔아홉 칸 저택에 사는 수많은 사람들 중 딱 두 명이 있었지요. 당시 벼슬을 얻어 수도인 한양에 가 있었던 둘째 아주버니가 관기 사이에서 얻은 사생아인 쌍둥이 여자아이들이었습니다. 제가 그 집에 오기 몇 달 전에 어머니를 병으로 잃었으니 그 아이들도 고아나 마찬가지였습

구부전

니다. 저처럼 붕 뜬 존재였고 제가 있는 별당에 같이
살았지요. 저는 대장질을 하며 아이들을 저택 이곳저
곳으로 끌고 다니며 놀았고, 기분이 내키면 예쁜 여
자 그림 그리는 법과 풀피리로 새소리 흉내 내는 법
을 가르쳤습니다.

시아버지에 대해 이야기할 때가 된 것 같군요. 저
는 4년 동안 그 집에 살면서 마지막 몇 주를 제외하
면 시아버지의 얼굴을 제대로 본 적이 없습니다. 말
을 섞은 적은 더더욱 없었고요. 여러 채의 집이 담으
로 격리된 그 저택에서 남자들과 여자들의 세계는 분
리되어 있었습니다.

시아버지는 철학자였습니다. 따지고 보면 양반계
급의 학자들은 모두 철학자였지요. 시아버지는 그중
에서도 아주 유명한 학자였고 책도 많이 썼고 추종하
는 사람들도 많았습니다. 우연한 기회에 몰래 들어간
책광에서 그중 한 권을 읽어보려고 했는데, 맥락을
따라잡기가 힘들었습니다. 단지 시아버지가 사람과
짐승이 어떻게 다른가에 대해 굉장히 심각하게 고민
을 했고, 그에 대한 답이라고 생각한 것을 내놓았다
는 건 알겠더군요. 산속에서 살아온 저에겐 그게 방

안에 앉아 한자 문자를 하나하나 재정의하며 답을 찾을 문제 같지는 않았습니다. 짐승이 사람과 얼마나, 어떻게 다른지 보려면 직접 부대끼며 같이 살아봐야 하지 않겠습니까.

2

시아버지는 1842년 여름부터 앓아누웠습니다. 여기 기준으로 일흔두 살이었으니 노환이었지요. 그 정도면 살 만큼 살았으니 편히 보내주는 게 좋았을 텐데, 집안사람들은 생각이 달랐습니다. 시아버지의 추종자들도 걱정이 태산 같았고요. 잘 모르겠지만 당시는 여러 가지 복잡한 정치적 상황이 맞물리고 엉켜서 시아버지가 세상을 떠서는 안 되는 때였던 것 같습니다. 유명하고 중요한 사람들은 마음대로 죽을 수도 없었던 것입니다.

수많은 의원들이 집에 찾아왔지만 허사였습니다. 멀리서 지켜본 시아버지는 점점 시커멓게 말라가고 있었습니다. 그와 함께 큰아주버니도 말라갔지요. 큰

아주버니는 효자로 유명했지만 지금 생각해보니 그 이유 때문만은 아니었던 것 같습니다. 아버지의 죽음이 그렇게 걱정이 될 만큼 의존적이었던 것 같아요. 그래야 다음에 일어났던 일을 설명할 수 있습니다.

추석이라는 가을 명절이 끝나고 며칠 뒤, 수상쩍은 상자 하나가 집으로 배달되어 왔습니다. 담 너머로 훔쳐보니 물건을 가져온 두 남자 중 한 명은 얼굴이 갈색이었고 처음 보는 이상한 옷을 입고 있었습니다.

아침이 되자 의원 네 명이 몰려들었고 여자들은 부엌에서 쫓겨났습니다. 잠시 뒤 약을 달이는 익숙한 냄새가 났습니다. 단지 거기엔 제가 지금까지 맡아보지 못한 날카로운 향이 살짝 묻어 있었지요. 향은 약을 달이는 동안 희미해지다 곧 사라져버렸기 때문에 전 착각한 것이 아닌가 생각했지만 그래도 여전히 궁금했고 신경이 쓰였습니다.

반나절 뒤 상자 속 재료들이 시꺼먼 액체로 졸아붙자 큰아주버니는 그릇에 그 액체를 담아 시아버지의 방으로 들어갔습니다. 의원들도 뒤를 따랐기 때문에 부엌은 곧 텅 비었어요. 궁금해 견딜 수 없었던 저는 슬쩍 그 안으로 들어갔습니다. 쌍둥이들도 그림자처럼 제 뒤를 따랐고요.

　부엌 여기저기에 흩어져 있는 찌꺼기는 대부분 익숙한 약재료였습니다. 바짝 말린 뿌리나 열매, 잘게 썬 나뭇가지 같은 것들요. 절반 정도는 평소에도 잔병에 시달렸던 시아버지의 약장에서 나온 것이었지요. 낯설고 이상했던 것은 단 하나. 도마 위에 길게 늘어져 있는 갈색 가죽띠 무더기처럼 생긴 것들이었습니다. 그 날카로운 향도 거기서 나오고 있었지요.

　하나 집어서 들어보니 그건 두껍게 깎아낸 굵은 뿌리의 껍질이었습니다. 말아서 원래 모양을 만들어보니 막대기에 몸을 만 뱀 모양을 하고 있었습니다. 돌려서 안쪽을 보니 붉은 수액이 스며 나오고 있었습니다. 손가락으로 찍어 맛을 보니 새콤했습니다. 앞니로 수액이 나오는 속을 긁어 먹어보았습니다. 배와 무우를 반씩 섞은 맛이었는데 피처럼 살짝 쇠 맛이 났습니다. 아무런 생각 없이 저희 셋은 껍질을 하나씩 들고 남은 속을 긁어먹었습니다. 왜 그것만 말린 재료가 아니었는지, 왜 그것이 시아버지의 약에 들어갔는지는 궁금하지도 않았습니다. 좋은 향기가 나고 맛이 있으니 그냥 먹었을 뿐입니다. 지금 생각해도 참 바보 같았어요.

저는 남자 어른들이 시아버지 방 주변에 모여 웅성거리는 걸 들으며 저녁을 먹고 잠자리에 들었습니다. 다소 피곤한 기분이 들었지만 이상하다는 생각은 들지 않았습니다. 그냥 집안 분위기 때문이라고 생각했어요.

깨어나보니 큰형님의 걱정 어린 얼굴이 저를 내려다보고 있었습니다. 전 그냥 꿈이려니 생각했습니다. 당시에도 저명한 시인이었던 큰형님은 제 기준으로 저택에서 가장 미인이었고 당연히 제가 그리는 '예쁜 여자 그림'의 모델 중 한 명이었기 때문에 전 그 얼굴을 꿈속에서 자주 보았던 것입니다. 굶주린 것 같은 커다란 눈과 꼬리가 살짝 올라간 입 때문에 양가집 마나님치고는 지나치게 색기가 도는 얼굴이 아니냐는 말이 돌았지만 그 때문에 큰아주버니가 불만이란 말은 들어본 적이 없어요.

하지만 그건 꿈이 아니었습니다. 큰형님은 정말로 제 방에 와서 누워 있는 저의 이마를 쓸어주고 있었습니다. 소스라치게 놀라 몸을 일으킨 저에게 큰형님이 한 말은 더욱 어이가 없었습니다. 저와 쌍둥이는 그날 밤에 잠자리에 든 뒤로 사흘 반이나 깨어나지 못했다는 것입니다. 정신을 잃고 있는 동안 전 계속 헛소리를 했고 땀구멍에서는 뿌연 땀이 흘러나왔다고 합니다. 얼굴의 땀은 닦아냈지만 몸엔 여전히 말라붙은 풀 같은 얇은 막이 느껴졌습니다.

그리고 그사이에 시아버지는 세상을 떴습니다.

조선의 양반계급 남자들에게 아버지의 장례는 엄청나게 중요한 일입니다. 시신만 묻고 끝나는 게 아니에요. 아들들은 모두 벼슬과 직장을 그만두고 3년 동안 무덤 옆에 움막을 만들어 그 옆을 지켜야 합니다. 목욕도 못 하고 섹스도 못 합니다. 이런 풍습에 대해서도 여러 이견이 있었고 다들 지켰다고 생각되지도 않지만 큰아주버니는 선택의 여지가 없었습니다. 효자라는 평판 때문이기도 했고 시아버지의 적과 추종자들에게 본보기를 보여야만 하는 입장에 서 있기도 했으니까요. 시아버지가 이끌던 정치적, 학문적 전쟁은 중단되었고 둘째 아주버니도 하던 일을 억지로 끊고 고향으로 돌아와야만 했습니다. 전에도 말했지요. 최악의 타이밍이었다고요.

장례는 남자들의 일이라, 여자들은 뒤로 밀려나 적

당히 울음소리를 내주며 효심과 슬픔을 과시하는 소란스러운 행사가 제대로 돌아가도록 뒤에서 돕기만 하면 되었습니다. 원래부터 없는 사람 취급을 당했고 아직 정신이 오락가락하던 저와 쌍둥이는 굳이 그럴 필요도 없었지요. 우린 별당 구석에 박혀 며칠 전 책쾌冊儈 영감이 가져온 새 소설을 읽거나 공기놀이를 하며 시간을 때웠습니다. 하지만 무딘 혀가 씹혀 낭송이 힘들었고 돌멩이는 계속 손가락 사이로 미끄러져 떨어졌지요. 이렇게 반쯤 취한 상태로 닷새쯤 흘렀습니다. 그동안 의원 한 명이 찾아와 저희가 먹었던 뿌리 찌꺼기와 증세에 대해 묻고 갔는데, 그가 거기서 무얼 얻었는지 모르겠습니다.

세상은 다시 정상으로 돌아가는 듯 했습니다. 적어도 누군가의 아내도, 어미도 아니어서 집안 남자들과 별다른 접점이 없었던 저에겐 그랬어요. 주변의 수군거림은 잦아들지 않았지만 제가 알 바 아니었고 몸도 다시 좋아졌지요. 전 수상쩍은 남자들이 죽어가는 노인을 살리기 위해 가져온 약재는 아무리 맛있어 보여도 건드리지 않는다는 교훈을 얻었고 그 정도면 충분하다고 생각했습니다.

시아버지가 다시 돌아오기 전까지는요.

3

시아버지가 땅 속에 묻힌 지 보름쯤 지난 날 밤이었습니다. 한참 잘 자고 있는데 멀리서 대문을 쿵쿵 두들기는 소리가 들렸습니다. 그와 함께 저음으로 웅웅 울리는 남자 목소리가 났어요.

자정이 한참 지난 한밤중에 누가 대문을 두드리며 "이리 오너라!"라고 외치고 있었습니다.

짜증이 난 저는 이불에서 기어나왔습니다. 별당까지 들릴 정도로 요란하게 고함을 지르고 있는데 바깥 행랑채 사람들은 도대체 뭐하고 있는 것일까요? 무엇보다 도대체 뭐하는 사람인데 한밤중에 남의 집 앞에서 저 난리냔 말입니다.

하품을 하며 안채 쪽으로 걸어 나왔는데 분위기가 이상했습니다. 열린 중문 너머로 집안 여자들과 종과 머슴 들이 몰려나와 있는 게 보였는데 아무도 문을 열어주려 하지 않았어요. 다들 문 두드리는 소리가

구부전

날 때마다 멈칫거리며 수군대고 있었습니다.

밤바람에 정신이 맑아지자 저 역시 그들이 왜 그러는지 알 수 있었습니다.

죽은 시아버지의 목소리였습니다.

사람들은 무서워하면서도 어리둥절해했습니다. 유교 세계관과 잘 맞지는 않았겠지만 조선에서도 많은 사람들이 귀신을 믿었습니다. 하지만 조선 사람들이 믿는 귀신은 자기 집 문을 두드리며 "이리 오너라"를 외치지 않습니다. 그들은 '너무 이른 매장'이나 캐털렙시catalepsy에 대해서도 몰랐습니다. 지금 일어나고 있는 일은 무섭기도 했지만 일단 부조리했습니다.

가장 먼저 움직인 것은 시어머니였습니다. 시어머니는 울먹이면서 중문을 넘어 대문으로 걸어가더니 빗장을 밀었습니다. 옆에 있던 청지기 영감과 머슴 한 명이 시어머니를 거들었지요. 빗장이 완전히 밀리자 요란하게 끼익 소리가 나면서 문이 열렸습니다.

대문 앞에 서 있는 건 시아버지의 시체였습니다. 우뚝 서서 우리를 향해 매섭게 눈을 뜨고 있었지만 우린 모두 시체란 것을 알았습니다. 시아버지는 오로지 죽은 생물만이 풍기는 기분 나쁘고 불쾌한 분위기를 악취처럼 뿜고 있었습니다.

시아버지는 시체였지만 살아 있었던 지난 몇 달 때보다 몇 배는 건강해 보였습니다. 살이 쪄 있었고 벌어진 흙투성이 수의 사이로 둥그렇게 부푼 배가 보였습니다. 단지 손끝은 말라붙은 피로 덮여 있었고 손톱이 다 빠져 있었는데, 아마도 관을 뚫고 무덤을 파고 나오는 동안 그렇게 되었던 모양입니다.

시아버지는 허우적거리면서 사랑채를 향해 걸어갔습니다. 대청에 앉더니 뭐라고 짧은 소리를 반복해 지르더군요. 서너 번 듣다보니 그게 "술!"이라는 걸 알 수 있었습니다. 청지기 영감이 손짓을 하자 종 한 명이 허겁지겁 달려나갔습니다. 그동안 시어머니는 다른 머슴 둘을 바깥에 내보냈는데, 그 지시가 무덤 옆 움막을 지키고 있던 아들들이 어떻게 되었는지 가보라는 말이었다는 건 나중에 알았습니다.

종이 술병과 차게 식은 육전 안주를 들고 왔습니다. 시아버지는 맨손으로 육전을 집어 입에 넣고 서너 번 씹더니 바닥에 탁 뱉었습니다. 다음엔 병째로 술을 들이켰는데 이번에도 견디기 힘들었는지 입에 머금었던 술을 분수처럼 뿜으면서 병을 바닥에 집어던졌습니다. 허겁지겁 시어머니가 떠온 우물물은 그럭저럭 마실 만한 모양이었습니다.

아무도 말이 없었습니다. 이 상황에서 시아버지에게 말을 걸고 설명을 들어야 하는 건 이 집 세 아들들인데, 모두 집에 없었으니까요. 그들은 아버지가 무덤에서 나오는 것을 보았을까요? 보았다면 왜 집까지 따라오지 않았을까요?

그에 비하면 보름 전에 땅속에 묻힌 노인네가 집으로 돌아온 것은 의외로 쉽게 설명이 되었습니다. 죽기 전에 먹었던 이상한 약의 약효가 뒤늦게 들었던 것이죠. 이상한 일이었지만 삶과 죽음의 경계선이 서양에서만큼 신성화되지 않았던 조선 사람들에겐 충분히 먹힐 수 있는 설명이었습니다. 하지만 아버지 덕택에 성서 지식이 조금 있었던 저는 나사로 이야기를 떠올리고 어리둥절했습니다. 성서에서는 죽은 사람을 살리는 건 오로지 예수만이 할 수 있었던 일이라고 하지 않았던가요? 이게 의외로 자주 일어나는 일이었나봐요?

그보다 더 신경이 쓰이는 건 시아버지의 수염이었습니다. 이전까지는 검은 올이 한둘 섞인 밝은 회색이었던 입 주변의 수염이 지금은 검게 변해 있었습니다. 적어도 청지기와 시어머니가 들고 있던 등불 밑에서는 그렇게 보였어요. 일단 수상쩍게 보니 옷과 손에 묻은 얼룩도 신경이 쓰였습니다. 말라붙은 진흙은 아니었습니다. 보다 끈적거리고 검붉은 무엇이었어요.

그 상태로 한두 시간 정도 지났던 것 같습니다. 굉장히 지루하면서도 무시무시한 연극을 보는 것 같았지요. 그동안 시아버지는 굳은 혀와 입술을 놀리며 우리에게 계속 뭐라고 이야기를 했는데 도저히 알아들을 수 없었습니다. 우리가 알아듣지 못하자 시아버지는 짜증을 냈고 아무데나 침을 뱉고 물건을 집어던졌습니다. 이전의 시아버지에겐 상상도 할 수 없었던 행동이었습니다.

참다못한 시어머니가 시아버지 앞에 뛰어들었습니다. 등불을 시아버지의 얼굴 앞에 들이대고 떨리는 목소리로 외쳤어요. "애들은 어디에 있소, 영감. 영감 무덤을 지키고 있던 내 새끼들은 어디에 있소." 시아버지는 자신도 영문을 모르겠다는 듯 고개를 저었습니다. 이 어이없는 상황에서 가장 혼란스러운 건 시아버지 자신인 것 같았습니다.

그때 다시 요란한 문소리가 들렸습니다. 앞으로 이 이야기를 하면서 비슷한 묘사를 반복하게 될지도 모르겠습니다. 조선의 대문은 소리가 컸어요. 잘못 만들어져서 그런 게 아니라 과시용으로 일부러 큰 소리가 나게 내버려두었기 때문이죠. 제 기억으로는 그 집에서 결정적인 일이 일어날 때마다 대문은 길고 요란하고 불쾌한 소리를 냈습니다. 끼이이이이익.

빗장이 잠기지 않고 닫혀만 있던 문을 열고 들어온 건 시어머니가 그렇게 걱정하던 세 아들들이었습니다. 집안의 불빛이 모두 시아버지를 향하고 있었기 때문에 처음엔 그들의 그림자만 보였습니다. 하지만 누군지는 금방 구별할 수 있었지요. 그 집안 남자들은 늦게 태어날수록 조금씩 키가 작아지고 뚱뚱해졌어요. 셋이 나란히 서 있으면 그림자만으로도 금방 구별이 갔지요.

반가운 얼굴로 달려가던 시어머니는 그만 아들들 바로 앞에서 등을 떨어뜨리고 그 자리에 멈추어 섰습니다. 떨어진 등의 종이 껍질은 기울어진 채 불타올랐고 저는 그때서야 그 불빛에 비친 세 사람의 모습을 볼 수 있었습니다. 번들거리는 회색의 막으로 덮인 얼굴. 찢어진 막의 눈구멍 사이로 보이는 뿌연 눈동자. 그리고 입과 찢어진 목의 상처에서 흘러나와 옷을 적신 검붉은 피의 자국. 그들은 문 앞에 허수아비처럼 서서 가족과 아랫사람들을 번갈아 노려보고 있었습니다.

전 슬금슬금 뒤로 물러났습니다. 무슨 일이 일어나고 있는지는 알 수 없었습니다. 하지만 걸어 다니는 시체가 벌써 집안에 넷이었습니다. 일단 피하고 봐야 할 일이었지요. 피하고, 애들을 지키고. 그 집에는 애라고 불릴 만한 나이의 사람이 넷이었지만 저에게 '애들'은 당연히 별당의 쌍둥이였습니다.

뒷걸음치며 중문에 도달했을 때 일이 터졌습니다. 사람들 등에 가려 직접 볼 수는 없었습니다. 그래도 나중에 들은 이야기를 조립해보면 가장 먼저 움직인 건 셋째 아주버니였다고 합니다. 죽은 제 남편을 제외한다면 가장 게으르고 둔하다는 말을 들었던 아들요. 그 아들이 갑자기 자기 어머니를 넘어뜨리고 목을 물어뜯었던 것입니다.

그것을 신호로 난장판이 시작되었습니다. 세 아들

31

구부전

과 아버지가 닭장 안에 풀어놓은 들짐승처럼 담 안에 있는 사람들을 공격하기 시작한 것입니다. 저택은 찢겨 나간 동맥에서 쏟아져 나오는 피와 비명 소리로 가득했습니다. 양반 남자들에게 맞선다는 생각 자체를 할 수 없었던 종들은 속수무책으로 당하기만 했습니다. 덩치 큰 젊은 남자 종 하나가 곳간으로 달려가 문 옆에 세워놓은 곡괭이를 집어 드는 걸 얼핏 본 것 같은데 그걸 휘두르긴 했는지는 잘 모르겠습니다.

전 달렸습니다. 안채를 지나 별당 쪽으로 뛰었어요. 방문을 여니 아이들은 아직 자고 있었습니다. 애들을 흔들어 깨우고 있는데 누가 제 목덜미를 잡았습니다. 돌아보니 둘째 아주버니였습니다. 아주버니는 나를 넘어뜨리고 양손으로 가슴을 누르더니 제 목에 이를 박았습니다.

당연히 이게 끝이라고 생각했습니다. 하지만 뜻밖에도 아주버니는 비명을 지르며 뒤로 물러났습니다. 아까 저를 물었던 입에서는 무슨 김 같은 것이 나오고 있었습니다. 잠시 뒤로 물러났던 그는 이번엔 쌍둥이 중 한 명을 공격했지만 역시 비명을 지르며 물러났습니다.

소리를 듣고 형제 둘이 별당으로 달려왔습니다. 둘 다 코가 막힌 아이들처럼 입을 벌리고 있었는데 그제야 저는 그들의 잇몸에 새로 난 가늘고 긴 이빨 두 개를 볼 수 있었습니다. 사람의 송곳니와 전혀 달랐습니다. 독사의 이와 비슷했지요.

다시 아까 일이 되풀이되었습니다. 형제들은 모두 저와 쌍둥이의 목을 공격했지만 흘러나온 피에 혀가 닿자마자 비명을 지르며 물러났습니다. 같은 일이 세 번이나 일어나니 전 그들의 새로 난 이빨이 제 목에 닿는 순간 구멍으로 쑥 들어가는 것까지 느낄 수 있었습니다.

이제 세 형제는 으르렁거리면서 저와 쌍둥이 주변을 돌고 있었습니다. 저는 어쩌야 할지 알 수 없었습니다. 혼자라면 틈을 노려 방을 빠져나가 별당 뒤 담을 넘어 산으로 도망치는 방법도 생각해볼 수 있었겠지요. 하지만 쌍둥이 둘을 데리고 그러는 건 불가능했습니다. 쌍둥이를 버리고 혼자만 달아나는 것은 상상도 할 수 없었고요.

둘째 아주버니가 다시 제 목덜미를 잡았습니다. 이번에는 목을 무는 대신 저를 질질 끌면서 밖으로 끄

집어냈습니다. 저는 쌀자루라도 되는 것처럼 사랑채로 끌려갔습니다. 뒤에서 우는 소리가 들리는 걸 보니 쌍둥이도 같은 일을 당하는 모양이었습니다.

피투성이 시체들이 사랑채 앞마당에 잔뜩 쓰러져 있었습니다. 그런데 흐릿한 새벽하늘 빛으로 보니 시체의 모양이 달랐습니다. 멱살이 찢겨 피투성이로 죽어 있는 종과 머슴들의 시체와는 달리 집안사람들의 몸은 상처가 작았고 끈적거리는 진액으로 흠뻑 젖어 있었습니다. 제가 그때 조금만 더 여유가 있었다면 그들의 목 상처 위에 주사기로 찌른 것 같은 작은 상처가 두 개 따로 생겼다는 것도 알아차렸겠지요. 그들은 의식하지도 못한 채 희생자들을 두 그룹으로 나누었던 것입니다. 가족과 먹이. 가족의 목을 물었을 때는 그 뱀 이빨에서 무언가가 나와 그들의 핏줄 속으로 들어갔던 것이죠. 저들에게 저와 쌍둥이는 밥이었습니다. 나중에 생각해보니 오싹했습니다. 저야 그렇다고 쳐도 쌍둥이는 왜요? 적어도 둘째 아주버니는 그 아이들의 아버지가 아니었던가요?

대청에 앉은 시아버지는 피에 젖은 양손을 비비면서 나를 바라보고 있었습니다. 그 얼굴은 무시무시했지만 그래도 전 좀 안심이 됐습니다. 말이 통하지 않는 짐승처럼 굴고 있던 아들들과는 달리 시아버지는 그나마 사람처럼 보였습니다. 전 쌍둥이를 양팔로 감싸고 시아버지를 쏘아보았습니다. 말은 하지 않았어요. 그 상황에서 그건 불필요한 일처럼 보였습니다.

시아버지는 입을 열었습니다. 무슨 이야기를 하려고 했는지는 모르겠어요. 자음과 모음이 이치에 맞게 모아져 말처럼 들리는 무언가가 나오려는 순간 찢어지는 듯한 비명 소리가 그를 밀어냈기 때문입니다. 비명을 지르는 건 시아버지만이 아니었어요. 세 아들들 모두 몸부림을 치며 울부짖고 있었습니다. 영문을 몰라 눈을 끔뻑이고 있던 저는 한참 뒤에야 무슨 일이 일어났는지 알 수 있었습니다.

아침 햇빛이 담장을 넘어 들어오고 있었습니다.

4

뱀파이어. 뱀파이어였습니다. 서양 사람들에게 다른 무슨 설명이 필요하겠습니까.

하지만 백 년 전의 저에겐 그 편리한 단어가 없었습니다. 처음부터 끝까지 스스로 설명을 만들어야 했지요.

처음부터 시작해봅시다. 어떻게 시아버지는 살아났을까? 죽기 전에 먹었던 그 약 때문이겠지요. 그렇다면 왜 저와 쌍둥이는 멀쩡했는데 시아버지만 저렇게 되었을까? 그 약을 너무 늦게 먹었기 때문이 아닐까요? 아니면 처음부터 그 뿌리는 약으로 만들어 먹는 것이 아니었을지도 모릅니다. 그냥 껍질을 벗겨 날로 먹었어야 했는데, 괜히 약재와 섞고 달이는 동안 약효가 줄어들었거나 잘못된 것일지도 몰라요.

시아버지가 햇빛을 두려워하는, 피를 빠는 괴물이 된 건 어떻게 설명을 해야 할까? 당시 저에겐 이론이 하나 있었습니다. 조선 남자들은 몸에 상처 나는 것에 병적으로 거부감을 느끼는 사람들이었습니다. 하지만 예외가 하나 있었으니 부모가 병을 앓을 때였죠. 당시엔 손가락에 상처를 내서 죽어가는 부모에게 자기 피를 마시게 하는 것이 유행이었고 그 비위생적인 유행에 편승한 사람들은 칭찬을 받았습니다. 분명 큰아주버니도 그랬을 거예요. 하고 싶지 않았어도 주변에 보는 눈이 있었을 테니까요. 죽기 전에 아들의 피와 수상쩍은 뿌리로 만든 약을 칵테일로 먹은 노인네의 몸 안에서 무슨 일이 일어날지 누가 알겠습니까.

지금도 그 이론을 믿느냐고요? 모르겠습니다. 피와 약만으로는 잇몸에 새로 난 독사 이빨이나 햇빛을 두려워하는 걸 설명하기는 어렵잖아요. 전 제가 먹은 것과 시아버지가 먹은 것이 같은 것이긴 했는지도 확신할 수 없습니다. 전에도 말했지만 그 뿌리는 이상할 정도로 뱀을 닮았었지요. 저희가 먹은 건 그냥 포장에 불과했고 시아버지는 그 안에 들어 있던 무언가 다른 것을 먹었을지도 모릅니다. 반나절 동안 약으로 달여도 살아남아 인간의 몸속에서 공생할 수 있는 무언가요. 잇몸에 비뚤게 난 그 독사 이빨은 그 무언가의 것이었을지도 모르죠.

그렇다면 저와 쌍둥이는 어떻게 된 것일까요? 저희가 먹은 껍질이 예방접종과 같은 효과를 냈을지도 모릅니다. 당시 조선에선 우두가 실시되지 않았지만 전 아버지에게 들어서 우두의 개념 정도는 알고 있었어요. 어찌되었건 괴물로 변한 시아버지와 아들들이 저나 쌍둥이의 피를 빨 수 없다는 건 분명했습니다.

그렇다고 사정이 좋아진 건 아니었습니다. 해가 뜨자마자 시아버지와 아들들은 저희를 데리고 행랑채에 붙어 있는 곳간으로 달아났습니다. 안에 들어간 그들은 거적으로 창을 막고, 남은 거적을 우비처럼 뒤집어쓰고 나가 아내와 아이들을 질질 끌고 들어왔습니다. 저는 그 안에서 뱀파이어들의 번뜩이는 눈을 노려보며 어두워질 때까지 버텨야 했습니다. 소변을 보러 뒷간에 갈 때도 세 명 중 한 명은 남아 있어야 했지요. 저와 쌍둥이는 그들의 포로였고 서로에게 인질이었습니다. 피를 빨리지 않는다고 저희가 안전하다는 말은 아니었어요. 그들은 저희가 혼자만 달아날 수 없다는 것 역시 알고 있었습니다.

해가 지자 세 아들들은 제 도움을 받아 시체를 처리했습니다. 스물한 구나 되는 시체 모두를 별당 뒤에 있는 산기슭에 버리고 그 위에 흙과 낙엽을 덮었는데 그 꼴이 엉성하기 그지없었습니다. 뱀파이어가 된 뒤로 모두 엄청나게 힘이 세져서 혼자 시체를 담 너머로 집어던질 수 있었지만 삽과 곡괭이를 다루는 요령이 없는 건 여전했으니까요. 여기저기에 시체 손가락이 삐죽삐죽 나와 있는 게 빤히 보이는데도 '이 정도면 됐지' 하는 표정을 짓고 있는 건 정말 못 봐주겠더군요. 짜증이 난 저는 삽을 한 자루 빼앗아 손가락과 발끝이 나와 있는 부분마다 흙을 따로 덮었습니다.

끔찍한 상황이지만 전 그동안 점점 안심이 됐습니다. 일단 몸을 놀리니 마음이 조금 편해졌어요. 무엇보다 저번 밤에만 해도 짐승처럼 굴던 사람들이 지금은 이성을 되찾아가는 것 같았습니다. 어눌하게나마 서로와 대화를 했고, 갑작스러운 폭력 욕구를 억누르느라 몸에 힘을 주는 것도 보였습니다.

시체를 다 묻고 집 안으로 돌아가보니 시아버지는 이미 사랑채에 나와 있었습니다. 책을 한 10권 정도 대청 여기저기에 펼쳐놓고 정신없이 읽고 있더군요. 오히려 살아있을 때보다 더 머리가 빠릿빠릿 돌아가는 것 같았고 혀도 완전히 풀려 있었습니다. 세 아들이 왔다고 인사를 하자 시아버지는 여전히 책에 시선을 고정한 채 손가락으로 곳간을 가리켰습니다.

곳간 안에 들어가보니 세 며느리는 모두 깨어 있었습니다. 옷이 비교적 깨끗했을 뿐 딱 어제 남편들 상태였지요. 짐승 같았고 굶주려 있었습니다. 특히 임신 중이었던 셋째 형님이 더 심해 보였어요. 모두가 아는 애처가였던 큰아주버니가 달려오자 큰형님이 목을 물었습니다. 큰아주버니는 조용히 아내에게 몸을 맡겼지만 목에서 피는 거의 나오지 않았습니다.

그들에게 필요한 건 살아 있는 먹이였습니다.

남자들은 말없이 밖으로 나갔고, 전 곳간 안에 남았습니다. 쌍둥이는 무사했습니다. 새로 목을 물린 흔적도 없었고요. 나중에 들어보니 시아버지가 호통을 치면서 며느리들을 막았다고 합니다. 그 상태에서 그 명령이 먹혔다니, 보기보다는 제정신이었던 거죠. 여자들은 조금 다르게 변했던 건지, 아니면 두 번째로 물린 뱀파이어들은 달랐던 건지, 둘 다였던 건지 전 잘 모르겠습니다. 이 이야기엔 제가 설명할 수 없는 부분이 많습니다. 전 소설가가 아니라 그런 것들을 만들어낼 자유가 없어요.

시어머니와 다른 아이들은 상태가 좋지 못했습니다. 셋째 형님이 낳은 네 살짜리 남자아이는 암만 봐도 땀구멍에서 나온 막에 콧구멍과 입이 막혀 질식해 죽은 것 같았습니다. 한 살 위인 그 아이의 형도 살아남을 것 같아 보이지 않았습니다. 코를 고는 것처럼 기분 나쁜 소리를 내며 가쁜 숨을 쉬고 있던 시어머니도 이상했어요. 그들에겐 남자들이 주입한 독이 너무 강했던 모양입니다.

한두 시간쯤 지났을까? 문소리가 들렸습니다. 그와 함께 조심스럽게 수군거리는 목소리가 들렸지요. 여자 목소리 하나, 남자 목소리 하나. 그리고 아기 우는 소리. 누군지 알 것 같았습니다. 다섯 달 전에 아들을 낳았다는 젊은 소작농 부부였습니다. 여자 쪽은 종종 집안일을 도와주러 왔기 때문에 얼굴이 익었습니다.

그때 저는 어떻게 해야 했을까요. 전 지금도 고함을 지르며 위험을 알렸어야 했다고 생각합니다. 그랬다고 해서 그들이 도망갈 수는 없었을 거예요. 그래도 제가 할 수 있는 최선을 다해야 했습니다. 누가 아나요. 그랬다면 훨씬 많은 사람들이 살아남을 수 있었을지.

하지만 전 그러지 않았습니다. 그 짧은 시간 동안 전 주변의 뱀파이어들에게 완전히 동화되어 있었습니다. 심지어 입맛을 다시면서 숨을 죽이고 곳간 속 어둠 안에 앉아 있었지요. 곳간 문이 열리고 아기를 안고 있는 여자의 겁에 질린 동그란 얼굴이 드러났을 때야 정신이 들었지만 그땐 이미 모든 게 늦었습니

구부전

다. 전 세 사람의 비명과 몸부림치는 소리가 서서히 잦아들다 결국 멎어버릴 때까지 쌍둥이를 끌어안고 벽 한구석에 머리를 박고 있었습니다.

곳간 문이 열리는 소리가 났습니다. 저는 뒤를 돌아보았습니다. 소작농 가족의 시체는 문을 통해 들어오는 달빛을 받으며 곳간 한가운데에 쌓여 있었습니다. 남편, 아내, 아기가 차곡차곡 순서대로 쌓인 작은 산이었습니다. 여자들은 벽을 등지고 서서 막 그들이 끝장낸 먹이를 응시하고 있었습니다. 모두 심하게 몸을 떨고 있었는데, 막 들이켠 사람의 피가 독한 마약처럼 작용하는 것 같았습니다. 전 습관적으로 큰형님의 얼굴을 찾았는데, 눈꽃처럼 새하얘진 얼굴에 피를 잔뜩 묻히고 있는 모습이 뜻밖에 아름다웠던 것이 기억납니다.

문을 열고 들어온 것은 큰아주버니였습니다. 그는 허둥지둥 아내에게 달려가 무릎을 꿇고 치마폭에 얼굴을 묻었습니다. 큰형님은 차가운 얼굴로 외면하고 허벅지를 감고 있는 남편의 팔을 뿌리쳤습니다. 큰아주버니의 웅얼거리는 소리를 들으면서 저는 쌍둥이의 손을 잡고 곳간에서 나왔습니다.

시아버지가 곳간 앞에 읽던 책을 둘둘 말아 쥐고 서 있었습니다. 나머지 두 아들들은 아버지의 그림자 뒤에 엉거주춤한 자세로 서 있었고요. 곳간 안에 있었던 며느리들과 큰 아들이 모두 나오자, 시아버지는 고개를 절레절레 흔들었습니다. "이대로는 안 된다, 얘들아. 언제까지 이럴 수는 없어."

지당한 말이었습니다. 그들이 계속 살아남으려면 먹이는 꾸준히 공급되어야 했습니다. 그 먹이란 오로지 살아있는 사람의 피입니다. 하지만 그렇다고 배가 고플 때마다 주변 소작농과 노비 가족을 불러들일 수는 없는 노릇입니다. 그건 자신의 손발을 잘라먹는 것만큼이나 어리석은 일이었습니다.

상식적인 대안은 그들이 직접 밤마다 마을 밖으로 나가 사람들을 사냥하는 것이었습니다. 하지만 아무리 밤이 길어지고 있다고 해도 해가 뜨기 전에 얼마나 멀리 갔다가 돌아올 수 있을까요? 책벌레 선비와 곱게 자란 마나님이 사람 사냥을 할 수 있겠습니까? 물론 그놈의 체면 문제도 있었습니다. 그런 건 아무리 배가 고파도 양반이 할 일이 아니었어요.

이들이 계속 살아남으려면 보다 정교한 시스템이

필요했습니다. 외지로부터 먹이가 될 살아있는 사람들을 끊임없이 집안으로 불러들이고, 죽인 다음에는 시체를 깨끗하게 처리해야 했지요. 그건 밤에만 밖으로 나올 수 있는 뱀파이어들끼리 할 수 있는 일이 아니었습니다. 조력자가 필요했어요. 그들의 사정을 알고 있으면서 낮에도 돌아다닐 수 있는 누군가요.

바로 저 말입니다.

5

그 뒤 닷새 동안 저택은 정신없이 움직였습니다. 우선 집을 개조해야만 했습니다. 언제까지 곳간 안에서 잘 수는 없었으니까요. 잠자리로 쓸 관들을 사들였고 각각의 관을 시꺼멓게 칠한 병풍으로 둘러쳤습니다. 관이 있는 방의 종이 창문은 모두 판자로 막았고요. 쌍둥이가 갇힌 곳간도 될 수 있는 한 살기 편한 곳으로 바꾸어주어야 했습니다.

시체도 치워야 했습니다. 소작농 가족의 시체는 저번처럼 별당 뒤의 산에 묻었습니다. 남은 아이도 다음 날 죽었는데, 아이들 시체를 밖으로 내놓으니까 햇빛을 받아 한참 타오르다가 곧 한 무더기의 하얀 재와 뼈 무더기로 변했습니다. 잔해는 단지 두 개에 담아 시아버지가 뚫고 나온 선산의 무덤에 묻었습니다. 무덤 안엔 이미 시어머니가 보내 아들 형제의 밥으로 만들었던 머슴들의 시체가 들어 있어서 애들 엄마가 질색을 했지만 그렇다고 그 시체들을 다른 곳에 옮길 수는 없지 않습니까.

앞으로 생길 시체를 버릴 공간을 확보하는 것도 중요했습니다. 집 근처 산기슭에는 산사태로 무너진 작은 동굴이 있었지요. 통로를 다시 뚫자 몇 년은 쓸 수 있는 시체 창고가 만들어졌습니다. 전에 묻었던 시체들도 다시 다 파내서 거기로 옮겨야 했지요. 어차피 비가 한 번만 쏟아져도 드러날 판이었으니까요.

집을 수리하는 일은 대부분 이웃 양반집에서 빌려온 종들의 몫이었습니다. 해가 지면 시아버지와 둘째 아주버니가 나와 진두지휘를 했지만 낮에 이들을 관리하는 건 모두 제 몫이었지요. 다들 왜 청지기 영감과 다른 종들은 없는지, 왜 제가 이런 일을 맡고 있는지 궁금해했지만 둘째 아주버니가 그럴싸한 거짓말

45

로 둘러댔습니다. 친척집에 갔다느니, 병에 걸려 고향으로 돌려보냈다느니. 지금 생각하면 어설프기 짝이 없는 변명이었는데, 둘째 아주버니 입에서 나오니 꽤 그럴싸하게 들렸습니다. 하긴 정치하던 양반이었지요. 어디를 가나 정치가들의 가장 큰 자산은 눈썹하나 까딱 않고 거짓말을 늘어놓을 수 있는 능력이었을 테니 말입니다.

동굴에 새 통로를 뚫는 건 마을을 찾아온 다섯 명의 뜨내기들 몫이었습니다. 밤에 집 근처에서 거적을 덮고 자고 있는 것을 둘째 아주버니가 발견해서 데려왔지요. 공사가 끝나자마자 이들 모두가 시댁 사람들의 밥이 되었다는 것은 말할 필요도 없겠습니다.

시댁 사람들은 서서히 자신의 몸에 대해 알아가기 시작했습니다. 이들은 대충 닷새에서 엿새 정도가 지나면 새 먹이가 필요했습니다. 허기를 충족시키려면 2리터에서 3리터 정도의 피를 마셔야 했고요. 조선 사람들의 작은 몸집을 생각해보면 세 명당 두 사람의 희생자가 돌아갔다고 생각하면 됩니다. 그걸 생각하면 첫날 희생자들은 참 어이없이 죽은 셈이죠.

'허기를 충족시킨다'는 표현을 썼는데, 그건 그리

정확하지 않습니다. 그들은 늘 굶주려 있었어요. 새 먹이가 필요한 시기는 배가 고플 때가 아니라 피가 부족해져 금단현상을 일으킬 때였습니다. 그들에게 피는 음식보다는 마약에 가까웠습니다. 정신이 나가 짐승처럼 변하기 전에 먹이를 갖다 바쳐야 했습니다.

그 먹이를 대령하는 것은 제 몫이었습니다.

전 주로 인근 마을을 돌아다니며 희생자들을 데려왔습니다. 4박 5일 정도까지 가능했으니 근처 큰 도시까지도 갈 수 있었지요. 모두 남자들이었고 주로 집 없는 비렁뱅이나 장돌뱅이 들이었습니다. 전 아주 신중하게 대상을 선택했습니다. 병자, 노인네, 척 봐도 미래가 없어 보이는 무연고자. 이들에게 진수성찬을 먹여 배를 불린 뒤 숨통을 끊는 것은 자선에 가까운 일이라고 생각했습니다.

희생자를 모으는 여행을 위해 전 남자로 변장을 해야 했습니다. 셰익스피어 희극에나 나올 법한 일이라고 생각하실 텐데, 여자가 혼자 여행할 수 없었던 당시 조선에서는 그리 드문 일이 아니었습니다. 산속에서 살아오면서 이런 복장에 익숙해 있었고요. 전 열다섯 살 정도 된 남자아이를 꽤 그럴싸하게 흉내 낼

줄 알았고 대부분 사람들은 제 연기에 넘어갔습니다.

가끔 제가 여자인 걸 눈치채고 덮치려는 남자들이 있었습니다. 그들 중 몇 명은 몰랐는데 그냥 그랬던 것 같아요. 처음엔 무서웠는데 의외로 전 그들을 쉽게 제압할 수 있었습니다. 뿌리를 먹은 뒤로 제 힘은 점점 세지고 있었습니다. 조금만 더 기다리면 시댁 식구들과 맞먹을 수도 있을 것 같았어요. 다만 요령을 익혀야만 했습니다. 당시 제 근육의 힘은 웬만한 남자 어른의 두 배에서 세 배 정도 되었지만 몸무게와 키는 그대로였으니까요. 몇 차례의 경험을 통해 몸싸움할 때 체중에 밀리지 않고 주로 상대방의 관절을 공격하는 저만의 기술을 개발했습니다. 소동이 끝나면 상대방은 팔다리가 꺾인 채 땅바닥에 주저앉아 징징거리기 일쑤였지요.

전 점점 능청스럽고 대담해졌습니다. 이런 일들이 반복되면서 희생자들에 대한 연민도 줄어만 갔고요. 여전히 병자나 노인 들이 우선이었습니다. 하지만 저에게 이유 없이 시비를 거는 왈짜들에게 굳이 관대할 필요는 없었지요. 그들은 동전 몇 푼만 보여주면 순식간에 없던 존경심을 억지로 만들어내고 제 뒤를 졸

졸 따라왔습니다. 이들을 끌고 집에 돌아와보면 저번에 제가 데려왔던 남자들은 피가 바짝 빨린 시체가 되어 동굴 안에 들어가 있었지요.

이런 일들이 두 달 가까이 계속되면서 전 점점 공범자가 되어갔습니다. 처음에는 어쩔 수 없었다고 생각했어요. 곳간에 갇혀 있는 쌍둥이를 살려야 했으니까요. 하지만 제가 직접 죽인 것이나 다름없는 사람들의 수가 늘어나자, 전 쌍둥이의 안전보다는 제가 저지른 죄에 발목을 잡혀버렸습니다. 지금 와서 모든 일들이 드러난다면 어떻게 변명해야 할까요?

죄를 저지른 것보다 더 신경이 쓰이는 건 죄를 즐기게 되었다는 것이었습니다. 비정상적인 완력과 마음껏 쓸 수 있는 돈, 사람의 운명을 좌우할 수 있는 힘을 모두 얻게 되자 세상은 더 재미있어졌습니다. 변장 덕택에 그동안 오로지 남자들만의 것이었던 온갖 특권을 누리고 그들만이 알고 있던 정보를 공유하게 된 것은 덤이었습니다. 제가 밖에서 온갖 사치를 즐기고 있는 동안 비렁뱅이들을 상전처럼 접대하고 있을 저택 사람들을 생각하면 저절로 웃음이 나오더군요.

6

그런데 여러분은 시아버지가 그동안 무슨 생각을 하고 있었을지 궁금하지 않았습니까? 앞에서도 말했지만 시아버지는 철학자였습니다. 인간이란 무엇인가, 인간은 우주에서 어떤 존재인가, 올바른 삶이란 무엇인가 같은 질문을 놓고 평생을 고민해왔고, 그 고민에 맞추어 살아왔지요. 그런 사람이 뱀파이어가 되었다고 갑자기 먹고사는 일에만 집중했을까요?

그렇지 않았습니다. 그때야말로 시아버지의 일생에서 철학적으로 가장 중요한 시기였습니다. 당연하지 않습니까? 지금까지 어떤 인간도 경험하지 못한 일을 겪었고 그를 통해 세상이 지금까지 알던 곳과 전혀 다르다는 걸 알게 된 철학자가 할 일이 무엇이겠습니까. 그 경험을 통해 자신의 기존 이론을 점검하고 보완하고 수정해야 하지 않겠습니까?

시아버지의 철학적 탐구 과정에 대해 자세히 들려드릴 수 있다면 참 좋을 텐데. 시아버지가 당시에 남긴 글은 모두 사라져버렸습니다. 밖에서야 남자 행세를 하며 온갖 자유를 누렸지만 집안에선 여전히 아낙

네 중 한 명에 불과했기 때문에 토론에 끼어들지 못했고요. 끼어들 수 있었다고 해도 제대로 이해할 수 없었겠지요.

그래도 최선을 다해 설명해보겠습니다. '이理'와 '기氣'라는 두 글자가 있습니다. 이런 종류의 한자들이 그렇듯 정확한 정의는 내려져 있지 않은데, 대충 '원리'와 '에너지'에 대응하는 단어라고 볼 수 있을 거 같아요. 조선 철학자들에겐 이 두 단어를 자기 식으로 정의하고 그 비중과 우선순위를 따지는 것이 굉장히 중요한 일이었습니다. 어떤 사람에겐 이게 철학의 전부였지요.

뱀파이어가 되기 전 시아버지는 '이'를 중요시하는 입장이었습니다. 이웃에 살던 제자들 중 더 극단적인 사람이 한 명 나와 자기만의 유파를 만들고 유명해지는 바람에 시아버지는 당시 비교적 융통성 있는 사람처럼 보였는데 그래도 입장은 그랬어요.

그런데 죽었다가 무덤을 뚫고 나와 사람 피를 먹으면서 살아가다보니 자신의 이전 입장은 말도 안 되는 것이었습니다. 이제 시아버지는 정반대 방향으로 갔습니다. 극단적으로 '기'를 중시하는 쪽으로 입장을

구부전

바꾼 것입니다. 일단 새 방향을 정했으니 주변에 있는 다른 글자들도 모두 새로 배치해야 했겠지요.

시아버지의 새 세계관에서 가장 오싹했던 건 글자들의 배치가 아니라 그 결과였습니다. 시아버지의 사고를 다 따라갈 수는 없지만 제가 보기에 이건 단 하나의 목적을 위해 존재했어요. 동료 인간들을 죽여서 피를 빨아 먹으며 살게 된 자신의 존재를 정당화하는 것 말입니다. 두 글자 중 어느 쪽을 택하느냐는 하나도 안 중요했습니다. 일반 인간들을 뱀파이어 밑에 놓고 그에 맞춘 새 계급 체계를 만들 수 있다면 글자야 무엇을 써도 좋았겠지요.

이렇게 쓰면 시아버지가 지독한 악당처럼 보이는데, 그렇지는 않았습니다. 시아버지는 그냥 이지적이었을 뿐입니다. 시아버지의 철학은 "내가 뱀파이어이니 뱀파이어에 유리한 철학 체계를 만들겠다" 같은 이기적이고 유치한 욕망과는 상관이 없었어요. 그렇게 질 낮은 학자가 아니었지요. 정확하지는 않지만 그건 다음의 질문에 더 가까웠어요. "나란 존재가 이렇게 새로 태어났고, 지금 상황에서 생각해보니 내가 이전의 나와는 다르면서도 뛰어난 존재인 것 같은데 그렇다면 우주에서 나의 위치를 어떻게 잡고 어떻게 행동해야 하는가."

머리 쓰는 사람들이 대부분 그렇듯, 시아버지도 이 새로운 발견을 널리 알리고 자신의 세력을 불리고 싶어 했습니다. 그러기 위해 시아버지는 상식적인 길을 택했습니다. 자신의 친구들과 추종자들을 한 명씩 불러 모은 것입니다.

시아버지가 부른 첫 번째 사람은 저택에서 얼마 떨어지지 않은 곳에 사는 동료 학자였습니다. 시아버지와는 죽마고우였지만 철학적 입장이 갈려 죽기 몇 년 전까지는 사이가 그렇게 좋지 않았다고 들었습니다. 시아버지의 장례식 때 가장 크게 울고 가장 훌륭한 제문을 쓴 사람이기도 했습니다.

그날 밤, 무슨 일이 일어났는지는 모릅니다. 전 그때 미래의 먹잇감들과 함께 기방에서 놀고 있었으니까요. 일단 그곳으로 들어가는 절차만 익힌다면 그들의 의심을 돌리기엔 기방만 한 곳이 없었습니다. 무엇보다 거기서는 음악을 들을 수 있었지요. 제가 단골로 들르던 기방에는 가야금을 정말 잘 타는 아름다운 기생이 하나 있었는데 그곳 고객인 주정뱅이 왈짜들은 사춘기도 안 넘긴 어린 여자애들의 몸을 주무르느라 눈앞에 있는 예인을 몰라봤습니다.

그래도 그날 밤 무슨 일이 일어났는지, 그 광경을 상상하는 것은 어렵지 않은 일입니다. 그 학자는 죽은 줄 알았던 친구가 살아있는 걸 보고 놀랐을 것입니다. 그 틈을 노려 시아버지는 자신의 경험을 들려주며 그것을 상대에 대한 철학적 반론으로 삼았겠지요. 학자는 그 반론을 받아칠 수 있었을까요? 알 수 없는 일이지요. 어차피 시아버지는 상대방의 목을 물어뜯으면서 토론을 끝냈을 것입니다.

식구 수에 딱 맞추어 먹이들을 끌고 들어왔는데 예고도 없이 식객이 하나 더 늘어난 걸 보고 제가 얼마나 어이가 없었는지 덧붙일 필요가 있을까요?

7

겨울이 다가왔습니다. 마을 사람들은 서서히 의심하기 시작했습니다.

어쩔 수 없는 일이었습니다. 아무리 치밀하게 계

획을 짜도 뱀파이어는 튈 수밖에 없는 존재였습니다. 시댁처럼 큰 집안의 사람들이 모두 뱀파이어가 되었을 경우엔 더욱 그랬지요.

선산의 오두막에서 세 형제들이 갑자기 사라졌을 땐 그냥 험담이 도는 정도였습니다. 하지만 집안에서 일하던 사람들과 소작농 가족이 사라져버리고 저택에서 이상한 공사를 시작하자 사람들은 걱정하기 시작했습니다. 아무리 둘째 아주버니가 애를 써도 저택 안에 역병이 돌고 있다는 소문이 돌았습니다.

그 소문을 어느 정도 막은 건 다른 소문이었습니다. 닷새마다 한 번씩 수상쩍은 사람들이 저택을 방문하는 걸 여러 사람이 목격했던 것이죠. 이 역시 또 다른 소문을 낳았지만 병에 대한 소문과는 아귀가 맞지 않았습니다. 이웃의 학자 양반이 갑자기 저택의 식객이 되어 눌러앉은 것도 다들 수상쩍게 보았지만 이 역시 다른 소문과 맞지 않았죠. 뱀파이어라는 개념 하나만 갖고 있어도 하나로 모일 수 있었던 이야기의 조각들이 무지 속에 그냥 뒤섞여 있었던 것입니다.

그러는 동안 식객들은 점점 늘어만 갔습니다. 시아버지는 이 상태가 언제까지나 유지되기는 힘들다는

구부전

것을 알고 있었습니다. 비밀이 벗겨지기 전까지 어떻게든 최대한 많은 동조자들을 뱀파이어로 만들어 이지역의 주도권을 잡아야만 했습니다. 그다음에 나라를 뒤엎고 이상적인 뱀파이어 국가를 만든다는 계획이었겠지요. 이건 이기적인 계획이 아니었습니다. 시아버지에겐 굳이 왕이 될 생각 따위는 없었어요. 제1차 아편전쟁이 막 끝났던 해였고 조선 사람들도 그들의 세계가 서서히 붕괴되고 있음을 느끼고 있었습니다. 이를 막기 위해 뭐든지 해야만 했습니다. 그 뭐든지가 지배층을 모조리 뱀파이어로 갈아엎는 것이어도요.

얼마나 현실적인 계획이었는지는 모르겠습니다. 시아버지가 모은 동료들은 모두 비슷한 부류의 철학자이거나 한량이거나 은퇴한 관료였어요. 군인도, 상인도, 외교관도 없었습니다. 다들 실제 경험은 없고 말은 엄청 많은 부류였습니다. 사랑채에서 이들이 떠드는 소리 때문에 밤마다 얼마나 시끄러웠는지.

저는 그들이 무슨 계획을 갖고 있건 관심이 없었습니다. 제가 알고 있는 건 1인당 3리터의 피를 닷새마다 확보하지 않으면 정신 나간 뱀파이어들이 쌍둥이에게 무슨 일을 저지를지도 모른다는 것이었습니다.

저는 시아버지에게 더 이상 저 혼자는 할 수 없다고 말했습니다. 이미 기방의 몇몇 기녀들은 제 얼굴을 알고 있었습니다. 제가 팬이었던 가야금의 명인은 이름까지 물어봤어요. 사라진 장돌뱅이나 비령뱅이들에겐 아무도 신경 쓰지 않았지만 제가 데려간 몇몇 왈짜들은 패거리들이 찾고 있다는 소문이 돌았습니다. 아무리 4박 5일의 시간이 주어진다고 해도 제가 커버할 수 있는 영역은 한계가 있었습니다. 보다 체계적인 방법이 필요했습니다.

제 주장은 지극히 논리적이었기 때문에 시아버지는 설득되었습니다. 대안도 쉽게 나왔습니다. 뱀파이어로 돌아온 첫날에 집안 노동력을 박살냈던 이 집 사람들과는 달리 식객들은 자기 집에 여전히 멀쩡하게 살아있는 종들을 갖고 있었습니다. 아직 아무도 이들에게 정체를 드러낼 생각은 없었지만 적절한 역할 분담을 거친다면 그럴 위험 없이 충분히 먹잇감을 저택 안으로 유인할 수 있었습니다.

시아버지는 이걸 단순히 먹을 것을 얻는 수단으로만 보지 않았습니다. 누군가를 죽여서 먹어야 한다

구부전

면 그 먹이를 조금 더 정치적으로 골라도 되지 않을까요? 그 사람의 부재가 큰 계획에 유리하게 먹힐 수 있는 그런 부류 말입니다. 다시 말해 시아버지의 정적들 말이죠.

아마 둘째 아주버니의 아이디어였을 겁니다. 시아버지의 머리에 나온 것치고는 지나치게 현실적인데다 기회주의적이었죠. 그리고 높은 벼슬을 한 사람들의 머리에서 나온 아이디어가 대부분 그렇듯 디테일이 약했습니다. 저도 비슷한 생각을 안 해본 게 아니거든요. 이 기회에 아무 짝에도 쓸모 없는 사람들을 다 쓸어버리고 세상을 청소하자. 하지만 왈짜 몇 명만 사라져도 친구들이 수소문하며 다니는 판인데 그렇게 야심만만한 정치적인 암살이 가능하겠습니까?

상관없었습니다. 두 부자의 계획은 시작도 못 하고 붕괴될 운명이었으니까요. 그 이야기는 나중에 다시 하겠습니다. 대신 그동안 저택의 다른 곳에서 무슨 일이 일어났는지 들려드리지요.

지금까지 한 이야기만 들으면 저택의 뱀파이어들이 새로 얻은 육체와 힘 때문에 아주 신이 난 것처럼 보입니다. 하지만 시아버지와 둘째 아주버니는 예외적인 존재였습니다. 다른 이들까지 그렇게 목표가 뚜렷하거나 그렇지는 않았어요.

시어머니 이야기부터 한다면, 여전히 산송장이었습니다. 뱀파이어가 된 뒤부터 의식이 없었지요. 끝없이 내는 요란한 숨소리는 멈출 줄을 몰랐지만요.

가장 티를 내며 투덜거렸던 건 셋째 아주버니와 셋째 형님이었습니다. 두 사람 모두 식탐이 심한 편이었고 셋째 형님은 심지어 임신 중이었는데, 이제 그들이 삼킬 수 있는 건 물과 피뿐이었습니다. 심지어 담배도 피울 수 없었어요. 셋째 아주버니는 노는 것도 좋아했는데, 낮 외출은 이제 상상도 할 수 없었지요. 이들은 너무 기분이 나빠서 아들 형제의 죽음을 슬퍼할 여력도 없어 보였습니다. 뱀파이어로 있는 동안 한 일이라곤 음식 투정뿐이었지요. 그들은 제가 데려오는 먹이에 만족한 적이 없었습니다. 늘 너무 마르고 더럽고 늙었다고 투덜거렸지요. 셋째 아주버니의 경우는 제발 젊은 여자나 아이들을 데려오라고 보챘고 심지어 같은 마을에 사는 구체적인 누군가를 지목하기도 했습니다. 물론 전 그따위 말은 듣지 않았습니다.

구부전

둘째 형님은 시아버지와 남편의 열렬한 추종자가 되어 있었습니다. 너무 열심이어서 마침내 스스로에게 임무를 부여하는 단계까지 갔어요. 그 임무는 자기와 조금이라도 혈연관계에 있는 모든 사람들을 뱀파이어로 만들어야 한다는 것이었습니다. 둘째 형님의 제1목표는 당연히 한양에서 유학 중이었던 외동아들이었습니다. 아들과 친척들을 데려오기 위해 수십 통의 절절한 편지가 쓰였는데, 대부분을 제가 중간에서 가로챘습니다. 편지를 쓰지 않는 동안에는 뱀파이어 여자들이 지켜야 할 도리에 대한 책을 쓰는 모양이었는데, 아마 그 책도 시아버지의 책들과 함께 사라져버렸겠지요.

가장 딱한 건 큰아주버니와 큰형님이었습니다. 집안의 뱀파이어 중 존재론적 고통에 시달렸던 건 큰형님뿐이었습니다. 큰형님은 다른 사람을 죽여야만 살아남을 수 있다는 사실 자체를 견뎌내지 못했습니다. 그리고 자신을 그렇게 만든 남편을 결코 용서하지 못했어요. 시아버지의 새로운 철학은 그냥 헛소리에 불과했고요. 큰형님의 생각은 단순하고 확고부동했습니다. 살인은 어떤 경우에도 잘못된 것이었습니다.

이 법칙은 자기가 뱀파이어가 되었다고 포기할 수 있는 무언가가 아니었습니다.

저는 한참 뒤에야 큰형님이 가톨릭교도라는 사실을 알게 되었습니다. 나중에 방을 뒤지다가 박달나무로 만든 로사리오와 겉장이 떨어져 나간 판토하 신부의 책을 찾았지요. 친정집이 서양 문화에 단호한 쪽으로 알고 있는데 어쩌다가 신자가 되었는지 모를 일입니다. 그러고 보니 도둑질하다 잡힌 종을 때려죽이라고 명령하려던 시아버지를 막았던 큰형님의 모습이 떠올랐습니다. 저를 집에 불러들인 데에도 큰형님의 입김이 컸었다고요. 큰형님이 쓴 한시 몇 편은 세상 밖 절대적인 무언가를 갈망하는 유럽 가톨릭 시인들의 향기가 풍겼던 것도 같습니다. 큰형님은 당나귀를 무척 좋아해서 종종 그 동물에 대한 시를 썼는데 그 때문에 전 지금도 프랑시스 잠의 시를 읽을 때마다 큰형님 생각이 납니다.

시아버지와는 달리 큰형님은 빠져나올 수 없는 함정 안에 갇혀 있었습니다. 가톨릭의 교리만 따진다면, 큰형님은 처음부터 시아버지보다 더 굳건한 주리론자였다고 할 수 있습니다. 시아버지는 큰 고민 없이 주기론으로 건너뛰어 "자연이 원래 그런 것이라면 받아들여야지"라고 입장을 바꿀 수 있었지만 종교는 철학과 사정이 다르지 않습니까. 그렇다고 피를 마시지 않고 버티자니 곧 정신이 이상해져 짐승처럼 변해서는 자신의 의지와 상관없이 사람을 해치게 될지도 몰랐습니다. 그렇다고 스스로 목숨을 끊자니 교회가 이를 금하고 있었습니다. 큰형님에겐 미치지 않을 정도로만 피를 마시면서 고통스러워하는 길만 남아 있었습니다. 물론 그것도 답은 아니었지요.

큰아주버니는 그런 아내를 말없이 바라보고만 있었습니다. 큰아주버니는 큰형님을 깊이 사랑하고 있었고 그 감정은 두 딸을 출가시킨 뒤에도 여전했습니다. 아내가 고통을 느낀다면 그 고통은 그대로 자신의 것이었습니다. 아내를 그렇게 만든 자기 자신을 저주했지만 그런다고 해결책이 생기는 것은 아니었습니다.

로맨틱하게 들리시나요? 그럴 수도 있겠군요. 하지만 이건 큰아주버니가 남의 영향력에 쉽게 휘둘리는 무력한 사람이라는 뜻이기도 했습니다. 명성 높은 철학자였던 아버지와 자의식 강한 예술가인 아내에게 번갈아 끌려다니면서 그 나이가 될 때까지 아무것도 이루지 못한 사람. 그게 바로 큰아주버니였습니다.

우유부단한 큰아주버니와는 달리 큰형님은 결국 해결책을 찾았습니다. 완벽한 답은 아니었습니다. 자신을 가두고 있던 벽에서 가장 약한 부분을 뚫은 것이죠.

가루눈이 마당에 곱게 깔렸던 초겨울 아침이었습니다. 저는 죽은 비렁뱅이들의 시체에 거적을 덮고 마당의 핏자국을 뜨거운 물로 청소하고 있었습니다. 다른 집안사람들은 오래간만에 피를 빨고 진정되어 자고 있었고요. 하지만 전날 밤 피 한 방울도 건드리지 않았던 큰형님은 아침 내내 널빤지로 막힌 방문 안에서 쪼그리고 앉아 있다가 구름 사이로 한줄기 햇빛이 새어 나오자마자 마당으로 뛰어나갔습니다. 뒤늦게 따라 나온 큰아주버니가 아내의 치맛자락을 잡았지만 큰형님은 순식간에 햇빛에 불타 하얀 재로 덮인 뼈 무더기가 되어 주저앉았습니다. 뼈 무더기 맨 아래에는 처마 밑 그림자에 숨어 불타는 아내를 보고 통곡하던 남편의 손목에서 떨어져 나온 오른손 뼈가 깔려 있었습니다.

8

지금까지 전 현실감각 떨어지는 저택 사람들을 놀려댔습니다. 하지만 저에겐 그럴 자격이 없어요. 저택의 비밀이 폭로된 건 저의 실수 때문이었으니 말입니다.

제 탓만도 아닙니다. 운이 나빴지요. 유달리 관찰력 풍부한 누군가에게 걸렸던 거예요. 그런 경우도 다 염두에 두어야 하는 게 아니냐고요? 그게 말처럼 쉬운 일입니까? 꼬리가 길면 밟힌다고, 언젠가 일어날 일이 그날 터졌을 뿐인지도 모르죠.

그 똑똑한 사람은 토포청이란 관청에서 일하던 군관이었습니다. 반쯤은 군인, 반쯤은 형사 정도 위치에 있는 공무원이었지요. 그는 제가 앞에서 언급한 가야금의 명인을 짝사랑하고 있었습니다. 당연히 기방에 꾸준히 드나들었지요. 계속 날이 엇갈렸기 때문에 기방에서 직접 만난 적은 없었지만 저도 기생들에게 들어 그의 존재에 대해서는 어느 정도 알고 있었습니다. 그도 얼마 전부터 어울리지 않는 친구들과 함께 오는 양반 소년에 대해 알고 있었고요.

지금 생각해보면 그는 저를 질투하고 있었던 것 같습니다. 그는 음악에 대해 아무것도 몰랐습니다. 가야금 연주는 지겹고 졸리기만 했지요. 그런데 그 기생이 기방 손님 중 보기 드물게 훌륭한 관객이었던 제 이야기를 했던 것이죠. 제가 그때 많이 어리석었던 것이, 가만히 듣기만 해도 되었을 걸 괜히 환심을 사겠다고 백이와 종자기라는 옛날 중국 사람들 이야기를 꺼내 우쭐거렸을 뿐 아니라 18세기 프랑스 화가의 영향이 노골적인 제 특유의 '예쁜 여자' 초상화까지 한 장 그려주었던 것입니다. 그러면서 혼자 자겠다고 방을 빌렸으니 눈에 뜨이지 않을 수가 없었지요. 저도 그걸 알아서 다음엔 다른 기방을 찾으려 했는데, 아무래도 음악이 귀에 밟혔고 전 그때 음악에 무척 굶주려 있던 때라….

　조선의 기방은 외부 사람들에게 닫혀 있는 곳이라, 전 처음에 거기 들어가기 위해 절차에 익숙한 사람 한 명을 이용했습니다. 집도 절도 없이 떠돌아다닌지 오래되었지만 그래도 몇 년 전까지만 하더라도 꽤 논 경험이 있던 영감이었지요. 그런데 그 기방의 기모妓母가 영감을 오래전부터 잘 알고 있었고 제 이야기가 나오자 지나가는 말투로 이렇게 말했던 것이죠. "그 영감, 그날 이후 팔자가 폈는지 보이지를 않네."

보통 때 같으면 그건 아무 의미도 없는 정보였습니다. 하지만 그는 최근 며칠 동안 왈짜 몇 명이 이유 없이 사라진 걸 알고 있었습니다. 혹시 그 영감도 같은 방식으로 사라진 것이 아닐까? 혹시 그가 모르는 다른 실종자가 있고 이들이 연결되어 있는 건 아닐까? 군관은 기모에게 사라진 왈짜들에 대해 물었고, 그들이 기방에서 머문 다음 날 마을을 떠난 후 실종되었다는 사실을 확인했습니다. 그는 주변을 돌아다니며 실종된 사람들에 대해 캐묻고 다녔고 비슷한 식으로 사라진 사람을 두 명 더 찾아냈습니다.

이건 그와 아무 상관이 없는 일이었습니다. 다들 없는 게 나았던 사람들이었으니까요. 하지만 저에 대한 가벼운 질투와 호기심이 그의 발목을 잡았습니다. 그는 다음 닷새가 되던 날 저를 만나기 위해 기방을 찾았지만 전 앞에서 설명했던 이유로 나타나지 않았습니다. 대신 시아버지의 식객들이 파견한 종들이 여기저기 흩어져서 주인의 먹이가 될 사람들을 한 명씩 모으고 있었습니다.

그동안 저는 집에 머물면서 쌍둥이와 함께 탈출할 길을 찾고 있었습니다. 큰형님이 세상을 떴으니 이 집에 계속 머물 이유는 더더욱 없었지요. 하지만 제 계획은 시아버지도, 둘째 아주버니도 알고 있었습니다. 쌍둥이 옆은 늘 누가 지키고 있었고 곳간 문은 안에 새로 단 빗장으로 잠겨 있었습니다.

그것만으로도 안심할 수 없었는지 시아버지는 다시 저를 내보내기로 결정했습니다. 이번 임무는 밖에 나간 종들이 일을 잘하고 있는지 관리하라는 것이었는데, 사방팔방 흩어져 있는데다 얼굴도 잘 모르는 사람들을 어떻게 하나하나 다 관리하란 말입니까. 옆에 있으면 신경 쓰이니 그냥 나가 있으라는 이야기였지요.

시아버지의 돈을 펑펑 쓰면서 며칠째 정처 없이 떠돌고 있었는데, 어디선가 익숙한 가야금 소리가 들렸습니다. 아무 생각 없이 습관적으로 단골 기방 근처로 걸어왔던거죠. 저는 시나트라 콘서트의 입장권을 구하지 못한 소녀 팬처럼 담벼락 옆에 처량하게 서서 안에서 흘러나오는 음악을 듣고 있었습니다.

군관과 마주친 것은 바로 그때였습니다. 그는 단

번에 저를 알아봤습니다. 다른 곳에서 마주쳤다면 못 알아봤을 수도 있겠지요. 하지만 전 한밤중에 그의 짝사랑이 사는 곳 옆에 서서 누가 봐도 사랑에 빠진 것 같은 표정을 짓고 있었습니다. 지금까지 그가 상상해왔던 연적의 모습 그대로였지요.

그는 제 신분증을 요구했습니다. 당시 조선 남자들은 나무로 만든 호패라는 신분증을 차고 다녔습니다. 그리고 전 한심하게도 죽은 남편의 호패를 갖고 있었습니다. 보통 죽으면 관청에 반납을 하는데, 시어머니가 감상적인 이유로 그 호패를 보관하고 있었고, 전 시어머니의 방에 보관되어 있던 남편의 옛날 옷으로 변장을 하는 동안 액세서리라도 되는 양 호패까지 챙겼던 것입니다.

당연하지만 그는 제가 내민 호패에 속아 넘어가지 않았습니다. 척 봐도 나이부터 달랐지요. 그리고 남편의 이름과 죽음은 주변에 썩 잘 알려져 있었습니다. 시아버지가 유명 인사이기도 했고, 당시 사고 자체가 워낙 유별났으니까요.

군관은 저를 관아의 감옥으로 끌고 갔습니다. 아직 가짜 신분증을 갖고 있는 것 이외엔 다른 혐의가 없었기 때문에 저는 따로 빈방을 배정받았습니다. 제 옆방에서는 적어도 열 명은 넘어 보이는 죄수들이 발목에 차꼬를 차고 앉아 이와 벼룩을 주고받고 있었지요. 군관은 감방 앞 복도에 서서 자신이 얼마나 똑똑하고 주의 깊었는지 자랑하더니 제게 정체가 뭐냐고 캐물었습니다. 제가 한마디도 대답하지 않으니까 날이 밝으면 다시 찾아오겠다고 으르렁거리며 퇴장했습니다.

눈이 어둠에 익숙해지자 전 감방 안을 탐사했습니다. 가장 먼저 눈에 들어온 건 달빛을 받아 반짝이는 벽의 글자들이었습니다. 가까이 가서 보니 그건 누군가가 새겨놓은 한시였습니다. 자신을 굴원이라는 옛 중국의 유명한 충신에 비유하는 오언율시였습니다. 착상이 전형적이긴 해도 힘과 진실성이 넘치는 좋은 시였습니다.

누가 봐도 이 시는 벽에 새겨진 지 얼마 지나지 않은 것이었습니다. 그렇다면 억울한 시인은 무엇으로 저 시를 남겼을까요? 저는 짚이 깔린 바닥을 꼼꼼하게 뒤졌고 곧 끝이 닳아 반짝반짝 빛나는 커다란 못을 찾아냈습니다. 못을 벽에 대고 발로 밟아 끝을 갈

69

구부전

고리 모양으로 휜 뒤 자물쇠에 넣고 흔들었습니다. 서너 번 시도한 끝에 자물쇠가 풀렸습니다. 전 이 기술을 안채의 나비장 안에 들어 있던 꿀을 훔쳐 먹으려고 몇 년째 연마해왔던 것입니다.

옥졸들이 꾸벅꾸벅 졸 때까지 기다렸다가 조심스럽게 감방 문을 열었습니다. 소리를 듣고 정신을 차린 옥졸 한 명에게 달려가 호신용으로 소매에 숨겨두었던 장도를 꺼내 목에 들이댔지요. 전 인질을 끌고 감옥 건물이 보이지 않는 곳까지 빠져나왔습니다. 다리 위에서 그의 엉덩이를 걷어차 개울에 빠뜨린 건 야비한 일이었지만 전 첫째 형님의 어머니가 쓴 60권 짜리 장편소설의 제24권에서 2대 남자 주인공이 악당에게 이러는 걸 읽은 뒤로 꼭 한번 따라해보고 싶었습니다.

집으로 달아나는 동안 저는 머리를 굴렸습니다. 그 군관은 포기하지 않을 겁니다. 제가 달아났다는 사실 자체가 저에게 뭔가 숨기고 싶은 비밀이 있다는 증거니까요. 제가 그 지방에서 가장 유명한 어르신 아들의 호패를 차고 다녔으니 사실 확인을 위해 저택에 그가 들이닥치는 건 시간문제였습니다. 이건 기회일까요? 재앙일까요? 알 수 없었습니다. 하지만 무슨 수를 써서라도 그가 도착하기 전에 쌍둥이를 구할 길을 찾아야 한다는 건 분명했습니다.

저택에 도착했을 때는 벌써 아침노을로 하늘이 검붉게 물들어 있었습니다. 뱀파이어 식구들이 슬슬 나무판자로 막힌 방으로 도피할 때였지요. 그런데 뜻밖에도 대문이 열려 있었고 작고 땅딸막한 누군가가 나와 있었습니다. 셋째 아주버니였어요. 그리고 아주버니의 손에는 무언가 검고 미끈거리는 것이 들려 있었습니다.

반쯤 먹다 만 사람의 간이었습니다.

셋째 아주버니의 피범벅이 된 바보 같은 얼굴이 천진난만한 목소리로 말하고 있었습니다. "배가 고파서. 배가 정말로 고파서."

저는 저택 안으로 뛰어 들어갔습니다. 발에 걸린 시체 때문에 문을 넘어서자마자 넘어질 뻔했지요. 그 시체는 식객의 종 가운데 한 명이었는데, 뱃가죽이 뚜껑처럼 뜯겨나가고 안의 내장이 텅 비어서 뒤에 있는 척추가 보일 정도였습니다. 비슷하게 난자당한 시체 다섯 구가 마당 곳곳에 쓰러져 있었고 시체 하나

당 서너 명이 붙어 안의 내장을 뜯어먹고 있었습니다. 시체 하나는 그때까지도 팔을 꿈틀거리고 있었는데 아마 근육 경련 때문이었겠지요.

시아버지는 대청에 동상처럼 서서 분노로 가득 찬 두 눈으로 이 난장판을 내려다보고 있었습니다. 제가 마당에 도착하자 시아버지는 천둥처럼 우렁찬 목소리로 마당의 뱀파이어들에게 외쳤습니다.

"당장 멈추어라! 절대로 고기는 안 된다! 피 이외엔 어떤 것도 먹어서는 안 된다! 어디까지 짐승이 되려고 하느냐!"

9

구역질이 났습니다. 토하고 싶었지만 반나절 넘게 아무것도 먹은 것이 없어 신물만 올라왔습니다.

전 마당 옆에 쌓여 있던 거적으로 시체들을 하나씩 덮었습니다. 두 장이 모자랐습니다. 책광에서 종이 뭉치를 가져와 남은 두 시체의 얼굴과 가슴을 덮었습니다. 종이가 부족했던 조선에서 그건 엄청난 낭비였습니다. 그런 식으로라도 지금은 편리하게 관 속으로 들어간 뱀파이어들에게 시위하고 싶었습니다.

시체를 덮은 종이가 흘러나온 끈끈한 피를 천천히 빨아들이는 걸 멍하니 지켜보던 저는 시아버지가 들어간 곳간으로 시선을 돌렸습니다. 달려가 문을 흔들었습니다. 곳간 문은 안의 빗장에 걸려 열리지 않았습니다. 옆에 굴러다니는 부지깽이를 들고 창을 막은 나무판을 찔렀습니다. 역시 헛수고였습니다. 저는 저잣거리를 쏘다니며 배운 온갖 상스러운 욕들을 퍼부었지만 곳간 안은 조용하기만 했습니다.

차라리 대문을 열어둘까 생각도 해봤습니다. 지나가는 사람들에게 보여주고 사실을 털어놓을까 생각도 해봤습니다. 하지만 다시 생각해보니 달라진 게 뭔가 싶었습니다. 이전에도 사람들이 살해되어 먹이가 되는 건 마찬가지였습니다. 단지 이번에는 피만 빨아먹고 버리지 않았을 뿐입니다. 어떤 관점에서 보면 오히려 더 좋은 일일 수도 있었습니다. 지금까지 뱀파이어들은 세상에서 가장 낭비가 심한 육식동물이었습니다.

그렇다고 그들을 위해 시체들을 치워줄 생각은 없

었습니다.

전 별당으로 돌아가 여자 옷으로 갈아입었습니다. 여전히 입맛은 없었지만 부엌에 가서 밥을 짓고 구할 수 있는 모든 재료로 가장 좋은 반찬을 만들어 모조리 먹었습니다. 쌍둥이들을 위해 푸짐하게 상을 차려 곳간 문 앞에 놓았는데 나중에 다시 가보니 사라지고 없었습니다.

별당에 돌아가 집에 굴러다니던 생황을 갖고 놀았습니다. 연주하는 방법을 몰라 그냥 소리만 냈습니다. 온갖 끔찍한 생각이 떠올라 그림도 그려 지지 않았고 책도 읽을 수 없었습니다. 나중에는 생황도 지겨워져 큰형님의 방에서 가장 좋은 담뱃대와 가장 좋은 담배를 꺼내 뻑뻑거리며 피워댔습니다. 중간에 담뱃대가 막혀서 담배 침을 찾느라 장을 뒤졌는데, 판토하 신부의 책과 로사리오를 찾은 것도 그때였습니다.

군관은 오지 않았습니다. 제가 모르는 사정이 있었겠지요. 상관이 그의 말을 믿지 않았을 수도 있고 아직 이야기가 충분치 못하다고 생각해 증인들을 모으고 있었을지도 모릅니다. 시댁을 건드리는 게 두려웠을지도 모르죠. 연적을 쫓아버렸으니 충분하다고 생각했거나.

겨울이라 해가 일찍 졌고 날도 흐려 하늘은 순식간에 어두워졌습니다. 관 뚜껑이 열리고 병풍이 바닥을 긁고 문이 열리는 소리가 났습니다. 식구들과 식객들이 방 이곳저곳에서 기어 나왔습니다. 그들 절반은 제가 거적으로 덮어놓은 시체들을 향해 달려갔습니다. 나머지 절반은 대청 여기에 앉아 입맛을 다시며 사람 고기를 먹는 무리를 구경하고 있었습니다. 그중 서너 명은 곧 그 무리에 합류했습니다. 뱀파이어 시절에 잠시나마 보여주었던 총기는 누구에게서도 찾아볼 수 없었습니다. 그들은 반짐승으로 퇴화하고 있었습니다.

며칠 전까지 그들이 삼킬 수 있었던 건 물과 피뿐이었습니다. 그런 그들이 지금은 사람 고기를 뜯어먹는 짐승이 되어 있었습니다. 그것은 뱀파이어의 단계가 불안하거나 일시적이란 뜻이었습니다. 다만 뒤늦게 뱀파이어가 된 사람들까지도 동시에 이 꼴이 되었다는 것이 이해가 되지 않았는데, 지금 생각해보면 이게 일종의 전염병이 아니었나 싶습니다.

곳간 문이 열렸습니다. 시아버지가 몸을 반쯤 내민

구부전

채 저에게 손짓을 하고 있었습니다. 저는 칼집을 벗긴 장도를 날이 뒤로 가게 해서 잡고 곳간 안으로 들어갔습니다.

곳간 한가운데엔 큰아주버니가 큰대자로 쓰러져 있었습니다. 뼈가 보일 정도로 목이 심하게 잘려 있었는데 그럼에도 불구하고 머리는 살아서 눈을 끔쩍거리고 있었습니다. 아직 남아 있는 왼손에는 책에서 찢겨나간 것 같은 누런 종잇조각이 들려 있었습니다.

시아버지의 오른손에는 아들을 그 꼴로 만들 때 쓴 게 분명한 장검이 들려 있었고 왼손에는 표지가 반쯤 탄 책이 들려 있었습니다. 시아버지는 장검을 들어 꽁꽁 묶인 채 곳간 구석에 앉아 울먹이고 있는 쌍둥이를 겨누고 들고 있던 책을 펼쳐서 내밀었습니다.

"읽어라."

전 칼을 들지 않은 왼손으로 책을 받아(이건 당시 엄청나게 무례한 행동이었는데 양쪽 모두 눈치채지 못했습니다) 펼쳐진 부분을 들여다보았습니다. 곳간 안은 어두워 아무것도 보이지 않았습니다. 전 칼을 소매 안에 찔러 넣고 부시통에서 부시를 꺼내 기름등에 불을 붙였습니다.

책을 다시 들고 읽어보았습니다. 큰형님이 친정에서 가져온 가정의학서였습니다. 큰형님의 외할머니가 쓴 책이라고 들었는데 직접 본 건 처음이었습니다. 페이지 한쪽 구석이 뜯겨 나가 있었는데, 그 부분은 지금 큰아주버니가 쥐고 있는 것이었겠죠. 그 페이지에 있는 건 흔한 민간 감기 치료법으로, 도라지 달인 물에 벌꿀을 첨가해 마시라는 것이었습니다.

읽다 보니 이상해서 고개를 들고 시아버지를 쳐다봤습니다. 그쪽도 어이가 없는 건 마찬가지였는지 황당한 표정으로 나와 책을 번갈아 바라보고 있었습니다. 계속 보채서 다음 페이지를 읽었는데 역시 감기 이야기였습니다. 모과차, 무즙, 배즙, 생강즙의 효능에 대한 뻔한 이야기가 이어졌습니다.

그때, 전 진짜로 이상한 게 무엇인지 눈치챘습니다.

그건 제가 시아버지를 대신해서 책을 읽고 있다는 것이었습니다.

시아버지는 문맹이었습니다.

이게 무슨 소리인지 이해하려면 조선의 문자 시스템을 이해해야 합니다. 조선 땅에서는 중세 유럽에서 라틴어를 썼던 것처럼 한문을 사용했습니다. 하지만 몇백 년 전 어느 왕이 조선말을 적을 수 있는 고유의 알파벳을 발명해 한문을 모르거나 그에 서툰 평민과 여자 들이 글을 읽고 쓸 수 있게 되었습니다. 이 알파벳 시스템을 언문이라고 하는데, 안채에 있는 여자들의 책 대부분이 그 문자로 쓰였습니다.

전 당연히 모든 양반 남자들이 언문을 알 거라고 생각했습니다. 며칠만 집을 떠나도 아내에게 애절한 연애편지를 언문으로 써서 보냈던 큰아주버니는 분명 알고 있었어요. 하지만 전 시아버지가 언문책을 읽거나 언문으로 글을 쓰는 것을 단 한 번도 본 적이 없었습니다. 지금까지는 여자들이나 읽는 소설 나부랭이를 경멸했고 관심도 없어서 그랬다고 생각했는데 사실 언문 자체를 읽지 못했던 것입니다.

전 떨리는 손으로 페이지를 마구 넘겼습니다. 뒤로 갈수록 그 책은 이상해졌습니다. 처음에는 그냥 가정의학서였습니다. 하지만 점점 소개되는 약초나 열매에 대한 딴소리가 섞여 들어갔고 중반 이후로는 여러 군데에서 주워들은 이상한 이야기들을 체계 없이 소개하는 박물지처럼 변해갔습니다. 이 책을 전에 본 적이 없는 이유를 알 것 같았습니다. 이건 암만 봐도 노망난 할망구의 헛소리였습니다.

책 4분의 3 지점에서 저는 시아버지가 찾고 있었던 것이 분명한 부분을 찾아냈습니다. "면전緬甸이라는 나라에 해를 보지 못하는 식인귀가 사는데 이들은 염사근蚺蛇根이라는 불사약을 잘못 먹은 자들로 이들을 치료하는 방법은…."

저는 책 읽기를 멈추었습니다. 시아버지는 발을 동동 구르며 저를 보채고 있었고 바닥에 쓰러진 큰아주버니는 애원하는 표정을 지으며 소리 없이 입을 놀리고 있었습니다.

모든 사정이 이해가 되었습니다. 시댁은 수천 권의 장서를 자랑했지만, 이 집에서 정말로 특별한 책들은 모두 안채, 그것도 큰형님의 방에 있었던 것입니다. 애처가였던 큰아주버니는 아내의 책들을 대부분 읽었고 그러다 염사근의 효능에 대한 책을 발견했겠지요. 하지만 부작용과 부작용의 치료법을 다룬 페이지는 건성으로 넘겼고 그걸 가족 대부분이 뱀파이어가 되고 나서야 뒤늦게 다시 읽은 것입니다.

시아버지와 큰아주버니 사이에서 무슨 일이 벌어졌는지 전 모릅니다. 하지만 한 가지는 확실히 알고 있었지요. 햇빛에 다치지 않고 불노불사하는 뱀파이어 집단을 만들어 조선 땅을 지배하려는 시아버지의 계획을 현실화할 수 있는 유일한 길이 제 손안에 있었습니다. 그리고 그건 어처구니없지만 정말로 간단한 방법이었어요. 그게 뭔지 여기서 밝힐 생각은 꿈에도 없습니다만.

전 생각에 잠겼습니다. 전 지금까지 쌍둥이에게 매여 있었습니다. 오로지 쌍둥이의 안전만을 생각했고 그에 따라 움직였지요. 하지만 지금은 큰 그림을 볼 때였습니다. 이 정보를 넘겨준다면 저와 쌍둥이의 안전은 확보됩니다. 이들이 햇빛을 받아도 안전한 뱀파이어가 된다면 더 이상 저희 같은 인질은 필요가 없을 테니까요. 저희는 뱀파이어에게 면역이 되어 있고요. 그 결과 뱀파이어들이 조선 땅을 정복한다면? 전 그때까지 그에 대해 생각해본 적이 없었습니다. 이전까지 저에게 뱀파이어는 위험하지만 좀 한심한 존재일 뿐이었으니까요. 하지만 햇빛에 대한 면역성만 생겨도 이들은 훨씬 위험한 존재가 될 겁니다.

전 시아버지의 계획이 현실화된 세상을 생각해보았습니다. 조선은 엄청난 나라가 될 것입니다. 전 세계를 정복할지도 모릅니다. 중국 옆에 박혀 있는 아무도 모르는 나라가 세계의 중심이 된다면? 수많은 조선 사람들에게 그것은 매력적인 아이디어였을 것이고 저에게도 잠시 그랬습니다.

하지만 그건 제가 원하는 게 아니었습니다. 전 조선의 가치, 조선의 문화가 세상을 정복하길 바라지 않았습니다. 이 집 남자들과 같은 부류가 영원히 지배계급으로 남아 있을 수도 있다니, 그건 소름끼치는 일이었습니다. 어떤 세상이 죽을 운명이라면 굳이 살릴 필요는 없었습니다.

전 염사근 페이지를 찢어냈습니다. 시아버지가 반응하기도 전에 등불에 들이댔습니다. 종이는 순식간에 불타버렸습니다. 이제 염사근의 비밀은 저와 큰아주버니 단 두 사람의 머릿속에만 있었습니다.

시아버지는 고함을 질렀습니다. 발을 구르고 으르렁거리고 칼을 쌍둥이 머리 위로 휘둘렀습니다. 하지만 모두 소용없다는 것을 알게 되자 이번에는 저를 설득하려 했습니다.

그 뒤에 이어진 건 명연설이었습니다. 적어도 그랬던 것으로 기억해요. 시아버지는 자신의 철학을 완벽한 솜씨로 압축한 문장들을 쏟아냈고 이를 바탕으로 매혹적인 가정을 전개해나갔습니다. 중간중간 섞인 그럴싸한 아부는 놀라울 정도였습니다. 하긴 부전자전. 설마 둘째 아주버니의 정치 감각이 그냥 나왔겠습니까.

전 넘어가지 않았습니다. 중간부터는 듣지도 않았어요. 말을 듣는 척 고개를 끄덕이며 기회만 노리고 있었던 저는 시아버지가 중국의 고사에 바탕을 둔 아름다운 이야기를 마치려고 하는 바로 그 순간 소매 속의 장도를 꺼내 시아버지의 왼눈을 찔렀습니다. 시아버지는 비명을 지르며 얼굴을 움켜쥐었고 손아귀에서 빠져나온 장검은 바닥에 떨어졌습니다.

전 장검을 주워 큰아주버니에게 달려갔습니다. 큰아주버니는 나를 보자 눈을 감고 왼손을 꽉 쥐었습니다. 잠시 망설이던 전 무릎을 꿇고 앉아 장검으로 큰아주버니의 목을 찍었습니다. 두 번만에 떨어져 나간 머리는 휘청휘청 시아버지 쪽으로 굴러갔습니다. 노인은 움찔하다가 그만 아들의 머리를 밟았고 머리는 수박처럼 으깨졌습니다. 넋이 나간 노인네가 아들의 뭉그러진 뇌 속에 왼발을 묻고 멈추어 서자 전 다시 장검을 휘둘러 그의 목과 아직도 장도를 움켜쥐고 있는 양손을 동시에 베었습니다. 짚더미 위에 거꾸로 떨어져 아직 멀쩡한 한쪽 눈으로 저를 노려보고 있던 그 머리에게 이렇게 말했던 것으로 기억해요. "하지만 전 아버님이 무슨 말씀을 하시는지 하나도 못 알아듣겠습니다."

전 아직도 울고 있는 쌍둥이에게 달려가 결박을 풀었습니다. 아이들은 지친데다 공포에 떨고 있었지만 그래도 다친 데는 없었고 그동안 잘 먹었는지 그렇게 마른 것 같지도 않았습니다. 아직 뱀파이어들이 변한 괴물들을 뚫고 밖으로 나가는 일이 남아 있었지만 그래도 지금까지 제가 짊어지고 있던 짐 중 가장 큰 것이 떨어져 나갔습니다.

아이들과 곳간 밖으로 나오려는데, 밖에서 귀에 익은 누군가의 소리가 들렸습니다. 처음에는 멋쩍고 수줍게 들렸지만 두 번째는 당당하고 자신감이 넘쳤습니다.

"이리 오너라!"

군관 나으리가 드디어 도착한 것입니다.

전 아직도 그 군관이 그날을 어떻게 보냈는지 궁금해하곤 합니다. 그가 도착한 건 술시 무렵. 서양 시간으로 저녁 7시에서 9시 사이였습니다. 토포청에서 저택까지 부하들을 이끌고 오려면 4시간에서 5시간까지는 소요되었을 것입니다. 전 집에서 그가 게으른 겁쟁이라고 욕했지만 거리를 고려한다면 그는 놀라울 정도로 신속하게 움직인 것이었습니다. 신속했을 뿐 아니라 유능하기도 했습니다. 그렇게 무장한 포졸들을 많이 데려왔다는 건 사태의 중요성을 상부에서 인식했다는 뜻이니까요.

다만 그게 사태 해결에 얼마나 도움이 되었는지는 모르겠습니다.

다섯 번째 "이리 오너라!" 이후 바깥은 조용해졌습니다. 말발굽 소리도, 발소리도 들리지 않았습니다. 그들은 바깥에서 조용히 귀를 기울이고 있었습니다.

뭐라고 외치려고 했는데, 검은 그림자 둘이 담 위로 올라왔습니다. 어두워서 마당에서 무슨 일이 벌어지고 있는지 거기서도 잘 보이지 않았을 겁니다. 하지만 시체가 곳곳에 쓰러져 있고 그 위에 수많은 사람들이 뭔가를 하고 있는 건 확인할 수 있었겠지요.

그림자가 다시 사라지더니 고함 소리와 함께 대문이 삐걱거리며 흔들리기 시작했습니다. 몇 분 뒤 빗장이 부러지면서 대문이 열렸습니다. 그 집에서 대문이 내는 기분 나쁜 끼익 소리를 들은 건 그때가 마지막이었습니다.

군관은 말에서 내려 횃불을 들고 있는 포졸들과 함께 안으로 들어왔습니다. 잠시 영문을 몰라 하던 집 안사람들은 개호각 소리를 들은 사냥개처럼 일제히 침입자들에게 덤벼들었습니다. 총소리가 났고 휘두른 창이 횃불 빛을 받아 반짝였습니다. 피가 튀고 비명 소리가 들렸습니다.

달아나고 싶었지만 정면 돌파하기는 어려워보였습니다. 자칫하다가는 포졸들에게 적으로 몰려 죽을지도 몰랐습니다. 그들에게 무슨 일이 일어나고 있는지 설명하고 싶었지만 불가능한 일이었습니다.

포졸 하나가 어기적거리면서 저희에게 걸어왔습니다. 저흰 그에게 도움을 청하려 했지만 곧 뒤로 물러났습니다. 왼쪽 어깨에서 피를 뿜고 있는 포졸은 시체를 먹던 집안사람들과 똑같이 공허한 짐승 얼굴을 하고 있었습니다. 그 역시 감염되었던 것입니다.

전 오른손으로는 장검을, 왼손으로는 마당에서 주운 횃불을 들고 쌍둥이와 함께 사랑채로 달려갔습니다. 문과 병풍과 책광의 책에 불을 질렀습니다. 대들보에 불이 옮겨 붙자 이번에는 함께 안채로 달려가 같은 일을 반복한 뒤 마지막으로 시어머니가 아직도 컥컥 숨을 쉬며 누워 있는 관 속에 횃불을 집어던졌습니다. 결코 안락사라는 단어에 어울리는 행동은 아니었지만 누군가는 그 끔찍한 삶을 끝장내야 했습니다.

대청으로 나오니 셋째 형님이 신음 소리를 내며 두 팔로 기어오고 있었습니다. 뒤로는 끈적거리는 피의 띠가 길게 이어져 있었습니다. 어제까지만 해도 남산만 했던 셋째 형님의 배는 이제 푹 꺼져 있었습니다. 셋째 형님이 나왔던 방에서 개만 한 크기의 무언가가 후두둑 소리를 내며 튀어나와 어둠 속으로 사라지는 걸 본 것 같았는데, 전 그게 뭔지 안다고 말하지 않으렵니다.

별당 쪽으로 달아난 저는 한 달 전부터 준비해두었던 짐 보따리를 등에 짊어지고 담을 넘었습니다. 시체를 옮기기 쉽게 하려고 집안사람들은 흙과 거적으로 담벼락 양쪽에 엉성한 경사면을 만들었는데 그 덕분에 쌍둥이도 쉽게 오르내릴 수 있었습니다.

산기슭을 돌아, 저희는 마을을 향해 달려갔습니다. 이웃들에게 경고를 해야 했습니다. 지금까지 제가 비렁뱅이들을 대신 먹이로 바쳐가며 살려온 사람들이었습니다. 안에서 포졸들이 다 해치우면 다행이었지만 그게 불가능하다면 그전에 최소한 준비라도 시켜야 했습니다.

문제는 언어였습니다. 저들을 뭐라고 설명해야 할까요? 더 이상 저들은 뱀파이어도 아니었습니다. 전 지금도 그들을 뭐라고 불러야 할지 모르겠습니다. 구울족요? 저도 갈랑의 《천일야화》를 읽었습니다만 그것만으로는 부족한 것 같습니다. 전 사람 고기를 먹으며, 살아남은 희생자들을 감염시켜 자기와 똑같은 종족으로 만드는 살아있는 시체를 말하는 겁니다. 그런 괴물을 가리키는 말을 아십니까?

더 심각한 문제는 저 괴물들 대부분이 양반이라는 것이었습니다. 어떻게 저 사람들 보고 양반들에게 맞서라고 할 수 있을까요? 만약 저들이 맞서서 괴물들이 다 죽는다면 그들은 나중에 이를 또 어떻게 설명해야 합니까?

"마님, 어떻게 된 일입니까?"

누군가가 저를 불러 세웠습니다. 돌아보니 이웃 양반집의 나이든 종으로, 그의 주인은 며칠째 저택의 식객이었습니다. 주인이 머무는 집에서 갑자기 불이 나고 안이 시끄러우니 걱정이 되어서 나온 것이었습니다. 이미 수많은 사람들이 집 주변을 둘러싸고 있었지만 아무도 움직이지 않았습니다. 불이 났으니 뭐라도 해야 하겠지만 안에서 들리는 소리가 심상치 않았으니까요.

그때 저는 불구경 온 구경꾼 중 낯익은 얼굴을 발견했습니다. 근처 소작농의 딸로 곧 열네 살이 되는 정말 예쁜 소녀였습니다. 셋째 아주버니가 저에게 먹이로 달라고 계속 조르던 바로 그 아이였습니다. 아이의 얼굴은 불타는 저택이 열린 대문을 통해 발산하는 빛을 받아 환하게 빛났습니다.

그게 무슨 뜻인지 알아차린 저는 그 아이 앞을 가로막고 장검을 치켜들었습니다. 거의 동시에 뚱뚱하고 컴컴한 무언가가 저택에서 튀어나와 저희를 향해 달려왔습니다. 전 괴물의 끈적거리는 오른손이 등 뒤에 있는 소녀의 곱게 땋은 머리칼을 잡기 직전에 그것의 목을 잘랐습니다. 머리 없는 몸은 옆으로 기우뚱하게 쓰러지며 악취 나는 검은 피를 제 치맛자락에 뿌렸습니다. 땅바닥을 보니 살얼음을 뚫고 진흙 웅덩이 속에 비스듬히 박힌 셋째 아주버니의 둥그런 얼굴이 바보 같은 표정으로 저와 소녀 사이의 빈 공간을 바라보고 있었습니다.

"괴물이다! 무장하라! 달아나라!"

군관의 목소리가 들렸습니다. 그는 대문으로 뛰어나오고 있었고 뒤에선 얼마 전까지만 해도 그의 부하였던 괴물 둘이 그를 뒤쫓고 있었습니다. 그가 내뱉은 명령문 두 개는 모순되는 것이었지만 그것까지 신경 쓸 여유는 없었겠지요. 어차피 눈앞에 벌어진 광경을 본 마을 사람들은 찰떡같이 그의 말을 알아들었습니다. 사람들은 달아났고 그중 몇 명은 무기가 될 수 있는 농기구를 들고 돌아갔습니다.

그들 중 몇 명이 살아남았고, 그들 중 몇 명이 괴물이 되거나 죽었는지 전 모릅니다. 전 그동안 여자들과 아이들을 모아 마을 밖으로 달아나느라 바빴으니까요. 저도 군관과 함께 괴물들과 맞서 싸워야 하지 않을까 생각도 해봤는데, 지금 생각해보면 역시 제 선택이 옳았습니다. 그들은 존재 자체가 역병이었습니다. 이들과 준비 없이 싸우다 보면 오히려 그쪽의 머릿수만 늘려주는 꼴이 될 수도 있었습니다. 이미 군관이 데려온 포졸 절반 이상이 죽거나 감염되어 있었고 상황은 더 나빠지고 있었습니다. 도박을 할 여유가 없었습니다. 어떻게든 사람들을 먼저 살리고 봐야 했습니다.

제가 이끌던 무리는 새벽이 되어서야 간신히 산 너머 이웃 마을에 도착했습니다. 죽은 사람은 한 명뿐이었습니다. 다리를 저는 할머니였는데, 그만 뒤에서 쫓아온 괴물 둘에게 팔과 목을 물리고 말았습니다. 저는 괴물들과 점점 변해가는 노인의 목을 모두 베어야만 했습니다. 다행히도 사람들은 그에 대해 쓸데없는 질문 따위는 하지 않았습니다.

저는 사람들을 마을 이장에게 인계하고 그에게 자초지종을 설명했습니다. 그가 제대로 이해했다고 생각하지는 않습니다. 저는 그냥 그 군관이 살아있길 바랐습니다. 아니면 아직 시아버지가 포섭하지 못한 양반 몇 명이라도 살아남아서 자기가 겪은 이야기를 관리들에게 들려주길 바랐지요. 자칫 하면 민란으로 오해받을 수 있는 사건이었습니다.

사람들이 기진맥진한 손님들을 위해 아침을 차리는 동안 아직 힘이 넉넉하게 남은 저와 쌍둥이는 조용히 그 마을을 떠났습니다. 전 조선의 사법제도에 제 운명을 맡길 생각 따위는 없었습니다. 그들에게 어떻게 제 사정을 설명할 수 있겠어요. 어느 기준으로 보더라도 전 결백하지 못했습니다.

목적지는 바다였습니다. 배를 타고 조선 밖 어디라도 가는 게 목표였습니다. 짐 보따리 안에는 시어머니의 장에서 훔쳐온 금붙이들이 들어 있었는데 그것으로 선원들을 매수할 생각이었습니다.

그날 저녁이 되어서야 저희는 손님 없는 낡은 주막 구석방에서 밤을 보낼 수 있었습니다. 쌍둥이는 곯아떨어졌지만 전 잠을 이룰 수 없었습니다. 밖에서 누가 저희를 지켜보는 것 같았습니다. 짐승 울음 같기도 하고 죽어가는 사람 신음 같기도 한 소리가 멀리서 들리는 것도 같았습니다.

아침이 되자 저희는 계속 걸었습니다. 길도 몰랐고

항구가 어디에 있는지도 몰랐습니다. 알고 있는 것이라고는 바다가 서쪽에 있다는 것뿐이었습니다. 과연 저희가 서쪽으로 가고 있는지 확신이 서지 않을 때도 몇 번 있었습니다. 날이 계속 흐렸기 때문에 해로 방향을 확인하기 어려웠습니다.

그리고 언제나 저희 뒤를 누군가가 따라오고 있었습니다.

사흘째 되던 날 오후에야 저희는 바다에 도착했습니다. 항구도 마을도 없었습니다. 그냥 갯벌뿐이었지요. 저희는 천천히 남쪽을 향해 걸었습니다. 계속 가다 보면 마을이나 항구가 나오겠지요.

구름 뒤의 흐릿한 해가 바닷물 속으로 사라지자 주변은 순식간에 어두워졌습니다. 전 천으로 둘둘 말아 등에 메고 있던 장검을 뽑았습니다. 지금이야말로 그 무언가가 저희를 공격할 때라는 걸 모를 수가 없었습니다.

그것은 갯벌이 끝나는 지점의 수풀에 숨어 있다가 뛰어나왔습니다. 처음에는 늑대처럼 네 발로 뛰었지만 곧 두 발로 달려왔습니다. 피부는 불에 그을린 것처럼 시꺼멨고 머리칼과 수염은 불타 없어지고 없었습니다. 입고 있는 옷도 불에 타고 그을려 간신히 모양만 유지하고 있었습니다.

괴물은 쌍둥이를 무시하고 다짜고짜 저에게 달려들었습니다. 전 달려드는 즉시 머리를 베어버리려 했지만 질척거리는 진흙에 한쪽 발이 빠져 기회를 놓쳐버리고 말았습니다. 저를 넘어뜨리고 목덜미를 물려고 하는 괴물에 맞서 장검으로 계속 목을 치려 했지만 각도가 나오지 않았습니다.

괴물은 비명을 지르면서 옆으로 넘어졌습니다. 쌍둥이 중 한 명이 작은 바위를 들고 와 괴물의 머리에 떨어뜨린 것입니다. 그 틈을 이용해 저는 다시 일어나 칼을 잡고 괴물을 찌르려 했지만 괴물은 다시 제 발을 잡아 넘어뜨렸습니다. 장검은 손에서 빠져나와 옆으로 쓸려갔습니다. 그것은 두 손으로 제 가슴을 누르고 입을 잔뜩 벌려 누런 이를 드러냈습니다. 왼쪽 잇몸에 반쯤 부러진 뱀 송곳니가 아직도 달려 있는 게 보였습니다.

총소리가 들렸습니다. 괴물의 검은 이마에 작은 구멍이 뚫렸습니다. 그것은 어리둥절한 듯 이마의 상처를 만지더니 옆으로 픽 쓰러졌습니다. 전 장검을 다시 잡고 괴물의 목을 쳤습니다. 잘려 나간 머리는 데 굴데굴 굴러 바다 속으로 떨어졌는데, 그것이 떨어지기 직전 바위에 튕겨 잠시 공중에 떴을 때에야 간신히 둘째 아주버니의 얼굴을 알아볼 수 있었습니다.

쌍둥이가 고함을 지르며 손가락으로 바다 한쪽을 가리켰습니다. 바다에는 거대한 삼지창처럼 생긴 이상한 배가 떠 있었고, 밝은 곱슬머리에 검은색 모자를 눌러 쓴 수염 없는 커다란 남자가 장총을 들고 저희에게 다가오고 있었습니다.

그 남자 이름은 패트릭 브로디였고 로버트슨&컴퍼니 소유의 클리퍼인 메리 앰브리호의 이등항해사였습니다. 며칠 전 홍콩에서 출발한 그 운 나쁜 배는 항해 중간에 선상 반란에 말려들어 목적지인 싱가포르에서 한없이 벗어난 조선 해안까지 흘러들어왔던 것입니다.

11

저와 쌍둥이는 막 선상 반란을 진압한 메리 앰브

리호의 무임 승객이 되었습니다. 그냥 식수만 구하고 조용히 떠날 생각이었던 브로디와 그의 동료는 보트에 앉아 버티는 원주민 여자애들 때문에 난처해했지만 그렇다고 저희를 그곳에 놓고 갈 수도 없었습니다. 저런 괴물이 육지에 더 있는지 누가 압니까.

싱가포르에 도착하자 저희는 윌리엄과 샬롯 번베리라는 영국인 목사 부부에게 보내졌습니다. 전 거기서 어떻게든 그곳 사람들에게 고향에서 일어났던 일들을 설명하려 했지만 쉽지 않았습니다. 그들이 데려온 중국인 통역과 어설프게나마 필담 정도는 가능할 줄 알았는데, 그는 저에겐 가장 기초적인 한자 단어인 양반이 무슨 뜻인지도 몰랐으니 말입니다. 어쩔 수 없이 전 제 이야기를 담은 수십 장의 그림을 그렸습니다. 부부는 그림을 좋아했지만 그 안에 담긴 이야기는 믿지도, 이해하지도 못했습니다.

저는 필사적으로 영어를 배웠습니다. 가지고 있는 에너지를 몽땅 언어 습득에 쏟았지요. 1년이 지나고 저는 언어를 유창하게 할 수 있었지만 사람들은 여전히 제 이야기를 믿지 않았습니다. 포기한 저는 대신 특기인 '예쁜 여자 그림'을 그리기 시작했고 사람들은 그 그림을 샀습니다. 제 스타일이 어디에서 나왔는지 궁금해하는 사람에겐 지금도 로켓에 넣어 목에 걸고 있는 미니아튀르 초상화를 보여주었지요.

번베리 부부는 1858년에 콜레라로 죽었고 저와 쌍둥이는 싱가포르에 있는 그들의 재산 대부분을 물려받았습니다. 저희는 그 돈을 챙겨들고 믈라카로 떠났습니다. 거기서 6년 살다가 하노이, 프놈펜, 마닐라, 홍콩에서 각각 10여 년씩 머물렀고 1932년에 호놀룰루로 갔지요. 재작년에 전 여기서는 이야기할 수 없는 이유로 쌍둥이를 남겨두고 혼자 미국 본토를 거쳐 이 나라로 왔습니다. 그리고 백 년 만에 처음으로 눈을 보았습니다.

그동안 저는 프랑스어, 베트남어, 광둥어, 북경어를 배웠고, 31년마다 한 번씩 허물을 벗었고, 29년마다 한 번씩 이갈이를 했습니다. 저와 쌍둥이는 여전히 20대에서 30대 사이의 모호한 나이 대에 속해 있는 것처럼 보이고 서양인들은 그보다 더 어리게 봅니다. 한 세기 전 조금 먹은 뿌리 찌꺼기 속에 들어 있던 무언가가 아직까지 대를 이어 살아남아 몸속을 돌아다니고 있는 것입니다.

전 제가 겪은 이야기를 제가 아는 모든 언어로 반복해 썼습니다. 첫 번째 글만 수기였고 그다음부터는 소설이었습니다. 점점 상상력이 들어갔고 스타일도 다양해졌습니다. 첫 소설은 앤 래드클리프를 흉내 낸 고풍스러운 고딕소설이었습니다. 가장 마지막에 쓴 건 〈위어드 테일스〉에 실린 단편들처럼 피투성이 형용사가 날아다니는 공포물이었습니다. 그중 어느 것도 출판된 적은 없습니다. 시도도 안 해봤어요. 누가 옛날 조선에서 일어난 일 따위에 관심을 갖겠습니까.

저는 지금까지 한 이야기가 얼마나 사실과 가까운지 확신할 수 없습니다. 조선말로 쓴 수기는 싱가포르를 떠날 때 잃어버렸고 제 기억은 점점 이후에 제가 쓴 이야기들을 닮아갑니다. 전 더 이상 제가 조선 사람 같지도 않습니다. 조선말은 제가 가장 못하는 언어입니다. 전 지금의 조선말 책을 읽을 수가 없습니다. 전 조선 사람들이 비행기와 공산주의와 초콜릿과 방사성동위원소를 뭐라고 부르는지 모릅니다.

전 여전히 조선에서 겪었던 일을 꿈꿉니다. 하지만 무대는 유니버설사의 사운드 스테이지에서나 존재할 법한 흑백의 서양식 대저택이고 등장인물들 역시 할

리우드 배우들의 얼굴을 하고 있습니다. 이럴 거라면 차라리 서양 무대로 적당히 각색한 영화 각본을 써서 팔아넘기면 어떨까 생각합니다. 제 역은 조앤 폰테인이 하면 좋겠어요. 이 도시에 도착한 첫날, 전 에글링턴 극장에서 히치콕의 〈레베카〉를 보았습니다.

하지만 제가 백 년 전에 겪었던 사건의 난폭한 잔인무도함을 할리우드가 있는 그대로 묘사할 수 있는 날이 올 거라곤 믿지 못하겠습니다.

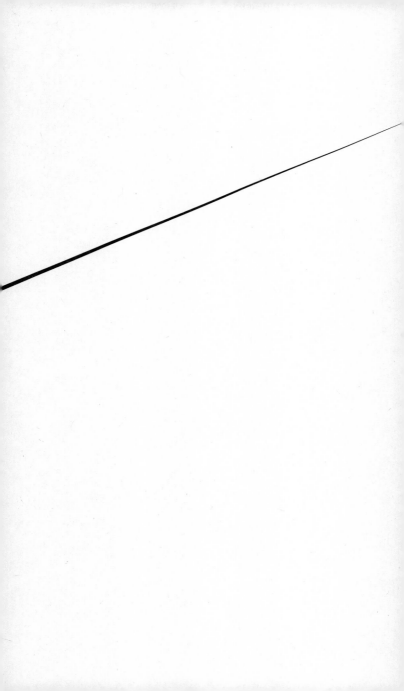

추억충

1

4월 22일은 윤정과 지호의 스무 번째 결혼기념일이
었다. 파티까지는 아니더라도 근처 이탈리아 식당에
서 온 가족이 저녁 외식을 할 정도는 되는 날이었다.
하지만 지호는 21일에 술에 취한 채 술집 계단을 올
라가다가 발을 삐끗해 뒤로 넘어졌고, 지금 엉덩이뼈
가 부러지고 왼쪽 정강이뼈에 금이 간 채 병원 신세
를 지고 있다. 식당 예약은 취소할 수밖에 없었다. 그
래도 저녁엔 쌍둥이들과 함께 근처 중국 식당에서 테
이크아웃 음식을 챙겨 들고 병원을 찾을 예정이었다.
두 사람 모두 결혼기념일 같은 행사에 그렇게 신경을
쓰는 편이 아니었지만 그래도 20이라는 숫자는 무시

하기 힘들었다. 십진법의 힘이었다.

20년이라니. 참 오래도 같이 살았다. 다른 친구들보다 일찍 결혼한 윤정은 몇 년 더 일찍 할머니가 된 기분이었다. 쌍둥이 형제는 내년이면 고등학교를 졸업한다. 그동안 무슨 일이 있었는지 기억도 잘 나지 않았다. 한꺼번에 아들 둘을 얻은 뒤로 모든 게 2배속으로 달려가는 것 같았다. 5월에 돌아오는 생일을 넘기면 벌써 만으로 마흔일곱 살이었다. 쉰이 코앞이다.

아이들을 학교에 보내고 윤정은 일정을 검토했다. 집안일을 끝내고 4시까지는 번역 중인 다리오 프레다의 책을 작업해야 했고 점심을 먹은 뒤에는 예방접종을 하러 고양이 민트를 아파트 밑에 있는 동물 병원에 데려가야 했다. 고양이를 데리고 돌아오면 근처에 사는 여자들과 5년째 이어가고 있는 독서 모임에 잠시 얼굴을 들이밀어야 했다. 여자들은 같이 저녁을 먹으러 근처 식당으로 가겠지만, 윤정은 거기서 헤어져 쌍둥이들과 함께 아빠가 갇혀 있는 병원을 찾을 것이다. 하루가 이렇게 증발해가는 것이다.

윤정이 설거지와 청소를 하는 동안 지호는 계속 무의미한 문자를 보내며 윤정을 귀찮게 굴었다. 기왕

이렇게 된 것, 잠시 생긴 휴가를 즐기며 책도 읽고 영화도 보겠다고 선언했지만, 남편이 그렇게 맘을 놓고 있을 때가 아니라는 걸 윤정도 알았다. 3개월 전에 다니던 회사를 떠난 남편은 사촌 둘과 창업 준비 중이었고 세 남자는 지금 정신없이 바쁠 수밖에 없었다. 뼈 몇 개 부러졌다고 맘 편하게 누워만 있을 수는 없었다.

집안일이 끝나자 10시 반이었다. 윤정은 거실 소파에 쪼그리고 앉아 커피테이블 화면에 프레다의 영어 원고와 번역기가 초벌 번역한 한국어 원고를 동시에 띄웠다. 격세지감이 몰려왔다. 결혼 직후 이 직업을 시작했을 때만 해도 번역 대부분은 윤정의 머리와 손을 통해 이루어졌다. 하지만 지금은 70퍼센트가 번역기의 몫이었다. 이제 윤정이 하는 일은 번역보다는 편집에 가까웠다. 앞으로 20년이 더 지나면 이 직업은 또 어떻게 바뀔까. 존재하기는 할까.

번역기의 발전은 20년 전에도 예상했었다. 예상하지 못했던 건 프레다가 쓴 책의 내용이었다. 20년 전 윤정은 자신이 시베리아 동토층에 묻혀 있던 고대 외계 우주선의 잔해에 대한 진지한 학술 서적을 번역

추억충

할 거라고는 상상할 수 없었다. 하긴 러시아 정부도 최대한 은폐하고 싶었을 것이다. 하지만 우주선에서 170종이 넘는 외계 미생물들이 쏟아져 나오고, 수천 명의 사람들이 그 때문에 죽어나가고, 사설 스파이 위성들이 이 모든 상황을 생중계하는 경우엔 그게 쉽지 않다.

3시 반까지 14장이 마무리되었다. 윤정은 그날 작업분을 한 번 훑어보고 자리에서 일어났다. 안방으로 들어가 침대에 누워 빈둥거리고 있던 민트를 잡아 케이지에 넣고 밖으로 나왔다.

동물 병원이 있는 상가 건물은 아파트에서 50미터 정도밖에 떨어져 있지 않았다. 대기실 의자엔 여자 둘이 앉아 있었다. 모두 같은 단지 이웃이었다. 윤정과 같은 또래인 명은 엄마는 엘리자베스 칼라를 쓴 초코라는 이름의 다리가 짧고 코 주변이 까만 믹스견을 데리고 왔다. 옆에서 울먹이고 있는 30대 초반의 여자는 대학 동창과 함께 근처 가구 공방을 운영하는 안은성으로, 와플이라는 카오스 냥이를 키우고 있었다. 엄마와 함께 같은 아파트 건물에 살고, 같은 독서 모임의 회원인 은성은 종종 윤정의 가족이 여행을 떠날 때 민트를 돌봐주었고, 윤정 역시 그 집에 비슷한 사정이 생기면 와플을 맡았다. 와플은 열다섯 살이었고 지난 몇 주 동안 많이 아팠다. 은성의 눈물로 얼룩진 얼굴을 보니 그동안 무슨 일이 생겼는지 말하지 않아도 알 수 있을 것 같았다.

화가 잔뜩 난 민트를 거실에 풀어놓고 윤정은 독서 모임이 있는 북카페로 갔다. 모임에서는 4월 동안 얼마 전 새로 번역된 유도라 웰티의 전집을 읽고 있었다. 은성은 보이지 않았지만 모두 와플이 죽었다는 사실을 알고 있었다. 윤정은 웰티의 책 이야기로 들어가기 전에 잠시 와플 이야기를 했다. 아직 대학생이던 은성이 쓰레기통 옆에 버려진 채 울고 있던 와플을 어떻게 발견했는지. 그 까칠한 고양이가 민트와 합작해서 윤정의 가죽 소파를 어떻게 망쳐놓았는지.

모임 사람들과 헤어진 윤정은 병원까지 걸어갔다. 병실은 식당처럼 시끄러웠다. 쌍둥이들은 테이크아웃 중국요리들을 여기저기 벌려놓았고 남편의 두 사촌들은 스포츠 뉴스를 보면서 떠들고 있었다. 윤정이 들어오자 남자들은 모두 20주년을 축하하는 흐리멍덩한 말들을 생일 축하라도 하는 것처럼 웅얼거렸고

107

추억충

곧 음식에 달려들었다.

　쌍둥이와 함께 집에 돌아온 윤정은 아이들에게 거실 텔레비전을 내주고 베란다로 나왔다. 놀이터 옆 벤치에 쪼그리고 앉아 있는 자그마한 여자가 보였다. 은성이었다. 잠시 망설이던 윤정은 밖으로 나갔다. 둘은 인사를 주고받았고 윤정은 은성의 옆자리에 앉았다. 와플은 이미 동물 병원을 거쳐 장례업자에게 가 있었다. 고양이의 유골은 전에 스캔해둔 와플의 모습을 본뜬 작은 도자기 인형이 되어 월요일 저녁에 집으로 돌아올 예정이었다. 두 사람은 와플에 대한 이야기를 잠시 주고받았고 같이 아파트 안으로 들어갔다. 은성은 3층에서 내렸고 윤정은 6층으로 올라갔다. 쌍둥이들은 아직도 게임 중계를 보느라 정신이 없었다. 안방에서 태블릿으로 유도라 웰티 전집의 마지막 권을 읽던 윤정은 9시 정각을 치자 욕실로 들어갔다.

　물에 젖은 흐릿한 욕실 거울을 바라보며 아무런 생각 없이 칫솔을 꺼내던 윤정은 갑자기 깜짝 놀라 이를 악물었다.

　그동안 흐릿하게 그녀의 주변을 맴돌던 모든 것들

이 그 순간 한꺼번에 정리되고 명확해졌다.

나는 사랑에 빠졌어, 윤정은 생각했다. 그리고 이 감정은 내 것이 아니야.

2

"추억충이에요."

의사가 말했다. 윤정은 의사가 반쯤 돌려놓은 모니터를 통해 그녀의 눈과 뇌 사이에 숨어 있는 쌀알 크기의 외계 기생충을 볼 수 있었다.

"지금으로서는 할 수 있는 게 없어요. 그러실 필요도 없고요. 추억충의 성충 수명은 기껏해야 4주 정도입니다. 이미 아시겠지만 위험한 증상이 있는 것도 아니고요. 쓸데없이 건드리다간 오히려 일만 키우죠. 단지 다른 사람들에게 전염될 가능성을 줄이기 위해 새 약을 처방해드립니다. 하루에 한 번씩 복용하시면 알이 퍼질 가능성이 80퍼센트 줄어들어요."

젊은 의사는 희미한 미소를 지으며 윤정을 올려다보았다.

추억충

"가벼운 감기 증상과 현기증을 열흘 전에 겪으셨다니 성충의 수명은 한 보름 정도 남았군요. 그런데 이걸 어떻게 아셨나요?"

"그냥 이상한 기분이 들어서요."

윤정은 대답했다.

"얼마나 구체적인 정보를 담은 것이었나요? 제 주변에 추억충을 전문으로 연구하는 친구들이 있습니다. 감염자의 자각이 이렇게 분명한 경우라면…."

"그냥 기분이 좀 이상했어요. 가끔 가다가 다른 사람이 된 기분이 든달까. 게다가 요새 제가 시베리아 우주선에 대한 책을 번역하고 있거든요. 혹시나 하는 생각이 들었어요."

의사는 건성으로 고개를 끄덕였다.

"그렇군요. 그래도 모르니까 제 친구의 번호를 알려드리죠."

윤정은 예의 바르게 그녀가 내민 종이 조각을 받아들고 병원을 나왔지만 약국에서 약을 사고 나오는 동안 어딘가에 떨어뜨리고 말았다.

집에 돌아온 윤정은 1차 번역을 거의 마무리 지은 다리오 프레다의 원고를 태블릿으로 열었다. 시베리아 우주선에서 나온 외계 생명체에 대한 1급 전문가는 프레다 말고도 많겠지만 프레다만큼 이들에 대해 명확하게 설명할 수 있는 사람은 많지 않았다.

추억충은 시베리아 우주선 생명체 중 유전적으로 조작되었음이 확인된 여섯 종 가운데 하나이다. 호흡기를 통해 감염되며 유충은 혈액을 타고 뇌와 눈 사이에 들어가 자리를 잡은 뒤 성충이 된다. 성충은 알을 모두 소진하고 사흘 안에 죽는다. 혈액 안에서 부화한 유충은 다시 호흡기를 통해 밖으로 나간다.

추억충의 가장 독특한 특징은 이전 숙주의 기억을 다음 숙주에게 전달한다는 것이다. 어떻게 이 정보가 다음 세대와 숙주에게 전달될 수 있는지에 대해서는 아직 아무도 모른다. 프레다는 이 생명체가 자료 수집용으로 만들어졌으며 10만 년 동안 지하 생태계에 살면서 천천히 퇴화되었다고 믿는다. 고장 난 기계인 셈이다.

그 고장 난 기계가 지금 내 머릿속에서 뭐하고 있는 거지?

윤정은 소파에 앉아 눈을 감았다. 온몸의 힘을 빼고 아무 생각도 하지 않으려 노력하면서 천천히 그녀의 몸속에 숨어 있는 이질적인 감정을 느꼈다.

그것은 여전히 사랑이었다. 안은성에 대한 지속적이고 끈질긴 사랑의 감정.

그것은 성적인 것인가? 알 수 없었다. 로맨틱한 것인가? 그것은 분명했다. 하지만 이는 어떻게든 해석될 수 있는 위험한 단어이다.

윤정은 그녀를 지나쳐갔고 지금도 옆에 머물고 있는 수많은 여자들에 대해 생각했다. 친구들, 동료들, 이웃들, 좋아했던 연예인들, 이미지들로만 떠도는 무언가. 그들 중 누구라도 이런 감정을 불러일으킨 적이 있었던가? 적어도 주변의 진짜 사람들은 아니었다. 전에 누군가에게 그런 감정을 느꼈다면 그 부자연스러움과 어색함 때문에 신경질적으로 웃어버리고 잊어버렸을 것이다. 그들이 여자이기 때문이 아니라 로맨틱한 감정을 진짜 사람에게 느꼈다는 그 이상한 현상 때문에.

윤정은 그런 식으로 사람을 사랑한 적이 없었다. 데이트는 억지로 거쳐야 하는 통과제의였다. 지호에 대한 감정은 동료애 이상도 이하도 아니었다. 그건 지호도 마찬가지였다. 당시 그들에겐 사랑의 감정보

다 빨리 연합해서 경제적인 단위체를 구성하는 것이
더 중요했다. 험악한 시절이었다.

이 감정이 그녀 자신의 것일 수 있을까? 불가능하
지는 않았다. 왜 안 되는가. 내가 그렇게 피도 눈물도
없는 존재인가? 하지만 뇌와 눈 사이에 숨어 있는 쌀
알만 한 외계 생명체가 가느다란 신경망을 내 뇌 이
곳저곳에 박고 있는 게 확인되었다면 그 생명체에게
책임을 돌리는 게 낫지 않을까.

그렇다면 이 감정은 누구한테서 온 것일까.

3

화요일 저녁, 윤정은 은성의 가구 공방을 찾아, 서
재 구석 빈 자리에 끼울 새 책장을 주문했다. 그 계획
은 몇 달 전부터 품고 있었고 지호와도 이야기가 끝
난 상태였다.

은성은 기분이 좀 나아진 것 같았다. 그녀는 가게의
3D 프린터로 만든 와플의 조각상을 보여주었다. 와
플의 재로 만든 같은 모양의 작은 조각상이 어제 아

113

추억충

파트에 도착했다고 했다. 새 조각상은 그 옆에 놓을 것이었다. 은성은 와플이 남긴 고양이 물건들을 차마 치울 수가 없다고 말했다. 아직도 청소를 할 때마다 와플의 털과 발자국이 나오는 게 이상하다고도 했다.

은성의 친구 화연이 작은 머그잔에 담긴 대추차를 내왔다. 차를 마시면서 윤정은 책장의 디자인을 검토했다. 윤정이 가져온 치수로도 작업을 할 수 있었지만 빈 공간에 딱 맞추려면 보다 정확한 측정이 필요했다. 은성은 가게 문을 닫은 뒤 휴대용 스캐너를 갖고 윤정의 집을 들르겠다고 했다.

한 시간 뒤, 은성은 윤정의 집을 찾았다. 민트의 느긋한 환대를 받으면서 은성은 서재 구석 공간을 스캔했다.

윤정은 책상 옆에 서서 일에 열중한 은성의 옆모습을 바라보았다.

이상한 기분이었다. 며칠 전까지만 해도 그냥 친근한 이웃이었던 사람이 전혀 다르게 보였다. 예전부터 은성이 예쁘다고 생각하고 있었다. 연예인처럼 눈에 확 뜨이지는 않지만 편안하고 친근하게 예쁜 외모다. 하지만 지금 그 외모에는 이전과는 다른 의미

가 있었다. 동작 하나하나, 얼굴과 몸의 선 하나하나
가 윤정이 정확하게 해독할 수 없는 정보를 담고 있
었다. 은성의 아름다움은 그 알 수 없는 정보의 표면
을 이루고 있었다. 그 밑을 조금만 더 파고들 수 있다
면 이 갑갑함이 풀릴 텐데. 윤정이 은성에게 품고 있
는 감정은 그 정보의 결과물일 뿐이었다.

　윤정은 은성에게 저녁을 먹고 가지 않겠냐고 물었
다. 은성은 잠시 망설이다가 고개를 끄덕였다.

　그날 메뉴는 태국식 볶음밥이었다. 윤정이 가족이
아닌 사람들에게 자랑할 수 있는 몇 안 되는 요리였
다. 쌍둥이는 그릇을 하나씩 들고 자기네 방에 들어
갔고 식당엔 윤정과 은성만 남았다. 둘은 두 사람의
다리를 번갈아 비비면서 칭얼대는 민트의 울음소리
를 들으며 말없이 밥을 먹었다.

　식사가 끝나고 재스민 차를 마시면서 윤정은 더듬
더듬 이야기를 이어갔다. 드디어 식탁 위까지 올라온
민트 때문에 와플 이야기가 자연스럽게 다시 나왔고,
드디어 화연이 마련한 새 아파트 이야기도 나왔고,
독서 모임에서 읽고 있는 유도라 웰티의 책들 이야기
도 나왔다. 하지만 윤정에게 대화의 내용은 중요하지

않았다. 중요한 건 은성이 앞에 있다는 것, 그 존재감이 자신에게 전자석처럼 영향을 끼치고 있다는 것이었다.

윤정은 대화를 풀어가면서 그 감정을 객관화시켜 분리하려고 노력했다. 하지만 그 감정은 지난 며칠 동안 윤정의 마음속에 뿌리를 내린 지 오래였다. 지금 은성 때문에 뛰고 있는 것은 윤정 자신의 심장이었다.

기억 역시 분리하기 힘들었다. 윤정이 물려받은 기억은 칼로 자른 것처럼 경계나 모양이 분명하지 않았다. 감정이 은성의 외모에 의해 자극되었으므로 시각적인 정보가 분명히 섞여 있을 것이다. 그렇다면 목소리와 연결된 청각적 정보도 숨어 있는 걸까? 이런 식으로 계속 분리해나가다 보면 원래 기억을 갖고 있었던 사람에 대한 기억까지 가려낼 수 있는 걸까? 윤정은 자신이 없었다. 윤정이 물려받은 건 수줍은 짝사랑의 기억이었다. 그 사람 자신에 대한 기억은 은성에 대한 기억 뒤에 숨어 있었다.

무엇보다 윤정은 귀찮아졌다. 은성의 존재가 주는 쾌락이 너무나도 강했기 때문에 더 이상 이를 분석하기가 싫어졌다. 왜 이 감정과 감각을 즐겨서는 안 되는가. 내가 은성에게 무언가를 요구하는 것도 아니지 않는가?

윤정의 생각이 방황하는 동안 한 시간 반이 흘러갔다. 이야기는 유도라 웰티에서 앤 래드클리프로, 앤 래드클리프에서부터 번역가의 고충으로 흘러갔고 번역가의 고충에서… 그 뒤부터는 잘 기억도 안 났다. 윤정이 정신을 차렸을 때 그녀는 와플이 남긴 고양이 먹이와 간식을 받으러 은성의 아파트 안에 들어와 있었다.

가느다란 팔다리를 축 늘어뜨린 채 소파에 앉아 힘없이 텔레비전을 응시하고 있던 은성의 어머니와 조용히 인사를 주고받은 윤정은 기계적으로 아직 아파트 이곳저곳에 남아 있는 와플의 흔적을 찾았다. 벽 구석에 서 있는 캣타워, 벽지 모서리에 붙어 있는 한 가닥 고양이 털, 소파 옆 협탁 위에 얌전히 놓여 있는 고양이 목걸이 그리고 선반 위에 있는 두 마리의 고양이 조각상.

그 순간 어떤 희미한 기억이 윤정의 머리를 스치고 지나갔다. 윤정은 그 기억을 잡으려 했지만 그 기억

추억충

은 순식간에 다시 망각 속으로 사라지고 말았다. 이 아파트와 관련된 이질적이고 낯선 기억. 그 사람은 여기에도 왔던 걸까?

그리고 그 기억은 무언가 손에 관련된 것이었는데?

4

은성과 화연이 만든 새 책장이 들어왔다. 책장은 빈 공간에 너무나도 정확하게 맞아서 마치 이전부터 벽의 일부였던 것 같았다.

그 뒤로 한동안 윤정은 은성을 만나지 않았다. 번역 마감이 코앞이었고 지호가 휠체어와 목발을 끌고 병원에서 돌아와 귀찮은 잡일이 잔뜩 생겼다. 마지막 주 독서 모임은 건너 뛸 수밖에 없었다.

하지만 그동안 윤정은 단 한 번도 은성을 머릿속에서 지운 적이 없었다.

윤정의 머리는 은성을 둘러싼 소용돌이와 같았다. 거의 마무리가 된 프레다의 책 작업은 은성에 대한 집착을 부풀릴 뿐이었다. 창업 문제 때문에 잔뜩 짜증이 난 지호의 얼굴을 볼 때마다 윤정은 은성에 대한 몽상 속으로 도피했다. 그러는 동안 추억충이 가져온 기억을 구분하고 정리하는 작업은 꾸준히 계속되었다.

화요일 아침에 최종 원고를 보낸 윤정은 서비스 회사에서 온 도우미에게 지호를 맡기고 근처 커피빈으로 도피했다. 에스프레소와 머핀을 하나씩 시켜놓고 《시칠리아 로맨스》를 읽었다. 혐오스러운 후작 때문에 개고생 하는 여자들 이야기였다. 페이지는 훌렁훌렁 넘어갔지만 정신은 여전히 몽롱했다.

지친 눈을 쉬려고 태블릿에서 눈을 돌렸을 때, 윤정은 강한 데자뷔를 겪었다.

그건 전에 은성의 아파트에서 겪었던 일과 거의 비슷한 현상이었다. 익숙한 공간이 다른 사람의 시점에서 완전히 재해석되는 것.

윤정은 창 너머 거리로 시선을 옮겼다. 은성의 가구 공방은 멀지 않다. 구석 테이블로 자리를 옮기면 여기서도 가게가 보일 정도였다.

윤정은 천천히 자리에서 일어나 밖으로 나갔다. 그기분은 커피빈에서 가구 공방으로 이어지는 길을 조

추억충

심스럽게 걷는 동안에도 깨지지 않았다. 누군가가 은성을 생각하고 은성을 볼 기대에 들뜬 채 이 길을 반복해서 걸었던 것이다. 길을 걷는 동안 그 누군가의 모습은 점점 더 분명해졌다. 아마도 남자. 아마도 낯선 사람. 윤정은 조금씩 불쾌해졌다. 지금까지 순수하고 즐겁기만 했던 은성에 대한 감정에 더러운 불순물이 들어가고 있었다. 그 불쾌함은 길 건너편에서 은성의 가게를 바라보는 위치에 섰을 때 정점에 달했다. 부인할 수 없는 염탐자의 시선. 왜 이걸 지금까지 눈치채지 못했을까?

파란불이 켜졌다. 윤정은 망설였다. 바로 그 순간 뒤에 서 있던 남자 하나가 그녀의 어깨를 확 밀치고 성큼성큼 횡단보도를 걸어갔다. 윤정은 거의 반사적으로 그 뒤를 따랐다. 걷는 동안 둘의 걸음걸이는 거의 완벽하게 리듬이 맞아떨어졌다. 남자는 잘 맞지 않는 싸구려 새 양복을 입고 있었고 이발한 지도 얼마 안 된 것 같았다. 피부는 거칠었고 얼핏 본 불그레한 옆얼굴은 불안해보였다.

길을 건넌 남자는 가구 공방 문 앞에서 잠시 머뭇거리다가 갑자기 안으로 돌격했다. 그는 인사하는 화연을 거의 밀쳐내고 책상 앞에 앉아 있는 은성을 향해 걸어갔다. 그가 무슨 소리를 하고 있는지는 들리지 않았지만 그게 정신 나간 횡설수설이란 건 듣지 않아도 알 수 있었다.

윤정이 훔쳐보는 몇 분 동안 가게 안의 분위기는 점점 험악해졌다. 은성은 겁에 질려 있었고 화연은 화가 잔뜩 나 있었다. 남자는 사정하고 애걸하고 울먹이다가 슬슬 역정을 내기 시작했다.

더 이상 지켜만 보고 있을 수 없었다. 윤정은 가게 안으로 들어갔다.

윤정이 들어오자 안의 두 여자들은 조금 안심한 것 같았다. 하지만 남자에겐 윤정 따위는 보이지도 않는 모양이었다. 그는 알아듣기 힘든 뭉개진 발음으로 은성에게 계속 뭐라고 말하고 있었는데, 끊임없이 후렴처럼 반복되는 "은서 씨는 내 마음도 몰라주고"만을 간신히 알아들을 수 있었다.

"무슨 일이에요?"

윤정이 물었다.

"모르겠어요. 처음 보는 사람인데 갑자기 들어와서 저러네요."

추억충

은성이 대답했다.

남자는 화를 버럭 냈다. 발을 구르고 허공에 주먹을 휘둘렀다. 윤정이 열어둔 문을 통해 남자의 고함 소리가 흘러나왔고 구경꾼들이 몰려들었다. 잠시 뒤 순찰차가 도착했고 경찰관 두 명이 내렸다. 다들 남자에게 정신이 팔려 있는 동안 화연이 경찰에 메시지를 보낸 모양이었다. 경찰관들은 발버둥 치며 저항하는 남자를 가게에서 끌어내 순찰차에 태웠다.

"세상에 별일이 다 있어요."

간신히 상황이 정리되자 화연이 어이가 없다는 듯 내뱉었다.

죄의식과 수치심이 목까지 올라온 윤정은 아무 말도 할 수 없었다.

5

"후작은 로체스터의 흉한 버전이라고요."

지연 엄마가 말했다.

"로체스터가 나중이죠."

서지음 교수가 덧붙였다.

"알아요, 알아요. 하지만 무슨 뜻인지 아시잖아요. 교수님."

마지니 자매의 흉악한 아버지와 로체스터를 비교하는 지연 엄마의 조곤조곤한 연설이 이어졌다. 독서 모임의 절반은 동의했고, 나머지 절반은 이 재수 없는 인간을 감히 로체스터와 비교하는 것 자체를 동의할 수 없었다. 샬럿 브론테가 이야기를 짜는 데에 영향을 받았을 수도 있겠지. 하지만 후작과 로체스터는 전혀 다른 사람이 아닌가?

"어쨌건 앤 래드클리프의 소설들은 다 비슷비슷해요."

다른 사람들보다 《우돌포의 비밀》을 먼저 읽은 미주 엄마가 우쭐거렸다. 이야기는 자연스럽게 제인 오스틴으로 넘어갔고 누군가가 〈제인 오스틴 북 클럽〉이라는 옛날 영화와 거기서 SF광으로 나온다는 휴 댄시라는 배우 이야기를 꺼냈다. 그 누군가를 제외하면 아무도 그 영화를 본 적이 없었기 때문에 영화 줄거리 소개가 한참 이어졌다.

윤정은 거의 이야기에 끼어들지 않았다. 종종 추임

새를 넣고 후작에 대해 몇몇 코멘트를 던지긴 했지만 도저히 이야기에 집중할 수 없었다.

이제 윤정은 그 남자에 대해 알만큼 알았다. 이름은 심창대라고 했다. 알코올중독자였고 술에 취해 아내와 두 살짜리 아들에게 주먹을 휘두르다 이혼당했다. 9개월 넘게 실직 상태였고 보조금으로 간신히 의식주만 해결하며 살아왔다. 낮 시간 대부분을 지하철역 주변을 방황하며 보냈고 해가 지면 늘 술에 절어 있었다. 한마디로 별 볼 일 없는 루저였다. 저번 직장에 있었을 때 사무실 책상과 선반을 맞추려고 직장 동료들과 함께 은성의 공방을 찾은 적이 딱 한 번 있었고 그게 1년 전이었다. 그때부터 은성에게 집착했던 걸까? 경찰은 그렇다고 생각했지만 아무래도 아귀가 맞지 않았다. 그동안 코빼기도 보이지 않다가 왜 갑자기 그날 그 난리를 쳤던 걸까? 은성이 자기를 받아줄 거라는 망상은 어디서 온 것이었을까? 심지어 그는 은성의 이름도 제대로 몰랐다.

윤정은 어떻게 그 남자가 가게를 습격하는 현장을 잡을 수 있었던 걸까? 처음에 윤정은 그게 일종의 텔레파시가 아니었나 의심했다. 하지만 추억충과 관련된 자료를 아무리 읽어도 텔레파시는 말이 안 되었다. 그냥 우연이었다고 보는 게 맞았다. 생각해보니 그리 이상한 우연도 아니었다. 윤정에겐 그 남자의 기억, 적어도 그 기억의 흔적이 있었다. 그의 계획을 아는 건 불가능했지만 운 좋게 그 리듬에 쓸려갈 수는 있었다.

가게의 소동 이후 윤정은 고통스럽기 짝이 없는 며칠을 보냈다. 추억충이 가져다 준 은성에 대한 감정은 최근 몇 년 동안 있었던 일 중 가장 신기하고 재미있고 좋은 일이었다. 그런데 그게 알고 봤더니 어린 애나 두들겨 패는 폭력적인 알코올중독자 스토커의 망상에 불과했던 것이다. 어떻게 지금까지 그걸 아름다운 무언가로 착각할 수 있었던 걸까? 윤정은 도저히 이해할 수 없었다.

그게 정답이 아니라는 것, 적어도 정답의 전부가 아니라는 걸 깨달은 건 바로 몇 분 전, 바로 이 북카페에서 은성의 얼굴을 다시 보았을 때였다.

생각해보라. 이 모든 게 심창대의 망상이라고 친다면 설명 안 되는 구석이 너무 많다. 윤정이 가진 은성에 대한 기억의 대부분은 친밀하기 짝이 없었다. 그

추억충

건 옆에서 조용히 감정을 키워온 누군가의 것이었다. 심창대에겐 그런 기회가 없었다. 윤정은 은성의 아파트에 대한 특별한 기억도 갖고 있었는데, 심창대는 은성이 어디에 살고 있는지도 몰랐다.

윤정이 물려받은 기억은 한 사람의 것이 아니었다. 최소한 두 사람 이상의 것이었다.

머리를 한 대 얻어맞은 것 같았다. 이제 모든 게 말이 됐다. 추억충은 숙주의 기억을 다른 숙주에게 전염시킨다. 그 과정은 계속 반복해서 일어날 수 있다. 그 누군가의 기억이 심창대에게 전염되고 그 전염된 기억이 다시 윤정에게 넘어가고. 이렇게 되면 심창대가 그렇게 이상하게 행동한 이유도 설명이 된다. 알코올로 망가진 그 남자의 두뇌가 추억충이 넘겨준 기억을 어떻게 해석했을지 충분히 상상할 수 있지 않은가?

그리고 윤정 전에 추억충이 거쳐온 숙주들이 과연 두 명뿐이었을까? 세 사람일 수도, 네 사람일 수도, 다섯 사람일 수도 있었다. 아니, 꼭 사람들만 해당되는 것이 아닐 수도 있다. 은성의 아파트와 관련된 기억. 그것은 은성의 손에 대한 것이었다. 그냥 손이 아니라 엄청난 크기로 부풀려진 거인의 손. 이제 기억이 난다. 감염 과정 중 뒤틀린 게 아니라면 그건 와플의 기억일 수도 있지 않을까? 와플이 죽은 게 과연 우연일까? 추억충은 인간의 몸에 기괴할 정도로 아무런 영향을 끼치지 않지만 늙은 고양이에게도 그럴까?

윤정은 그 과정을 생각했다. 처음에 추억충은 1차 감염자의 기억과 감정을 추출해냈다. 감염자는 기침을 통해 그 정보를 품은 유충들을 사방에 뿌렸다. 은성의 얼굴을 모르는 사람들에게 그 정보는 별 의미가 없었으리라. 하지만 은성을 아는 사람들에게는 사정이 달랐을 것이다. 은성을 아는 새로운 감염자는 그 감정을 자기식으로 재해석하며 받아들인다. 그리고 그렇게 누적되고 강화된 기억과 감정은 기침을 통해 또다시 전파된다. 그 기억에서 기억의 주체를 골라낼 수 없었던 것도 이해가 된다. 심창대의 기억이 그렇게 쉽게 묻힐 수 있었던 것도 이것으로 설명이 된다.

은성에 대한 사랑이 전염병처럼 동네에 퍼지고 있는 것이다. 은평구 안은성 팬클럽.

누군가 기침을 했다. 지연 엄마였다. 환절기 감기일까? 아니면 지연 엄마도 감염된 것일까? 지연 엄마를 감염시킨 건 윤정이었을까? 약이 감염 가능성을 80퍼센트 정도 줄여준다고 했지만 나머지 20퍼센트는? 그 이전에 감염되었다면? 처음부터 추억충에 감염된 독서 모임 사람이 윤정 하나뿐이 아니었다면? 만약 이 기억을 가진 추억충이 은성 자신에게 감염된다면 어떻게 될까? 만약 윤정이 새로운 추가 기억을 담은 추억충에게 다시 감염된다면 이번엔 어떻게 될까? 첫 감염자가 추억충에 묻어온 다른 기억 때문에 은성에 대한 자신의 감정을 깨달았을 수도 있었을까?

윤정은 소파에 몸을 깊숙이 묻고 독서 모임 여자들을 바라보았다. 우연일 수도 있었지만 은성은 지금 모든 사람들의 시선이 모이는 중심에 앉아 있었다. 미주 엄마가 은성에게 피칸 쿠키를 내밀었다. 은성이 히폴리투스에 대한 다소 밋밋한 농담을 하자 다들 소리 내어 웃었다. 가게에 찾아온 스토커 이야기가 나왔고 모두 은성을 위로했다. 막내인 은성은 전부터 모임 사람들의 귀여움을 받았다. 하지만 이전에도 지금 같았는가?

상관없었다. 윤정은 마음이 편해지는 걸 느꼈다. 이제 이 감정이 어디에서 출발했는지, 누구를 거쳤는지,

얼마나 많은 사람들과 공유하고 있는지는 더 이상 중
요하지 않았다. 중요한 건 사랑 자체였다. 이 때문에
윤정의 삶이 바뀌지는 않을 것이다. 앞으로도 윤정은
덩치 크고 시끄러운 세 남자들과 함께 툴툴거리며 남
은 세월을 살아갈 것이다. 하지만 은성에 대한 사랑은
그대로일 것이고 그 뒤로도 윤정의 일부로 남아 그녀
의 삶을 풍요롭게 할 것이다. 그리고 그건 좋은 일이
라고. 정말로 좋은 일이라고 윤정은 생각했다.

왕의 넋

문을 여니 교황청에서 보낸 정원사 두 명이 현관 앞에 서 있었다.

신주희 교수는 이틀 전에 바티칸에서 받은 전자 사진으로 그들의 얼굴을 구분할 수 있었다. 예순 정도로 보이는 통통한 유럽 여자는 베로니크 뒤크뢰 박사였고 다부진 체격의 젊은 무어인 남자는 알레한드로 가르시아 신부였다. 두 사람 양 옆에는 낡은 버섯가죽 여행가방이 하나씩 놓여 있었다. 손님과 가방 모두 어제부터 쏟아지고 있는 함박눈으로 덮여 있었다.

연구소 직원들이 여행가방을 연구실로 끌고 들어오는 동안 신 교수는 손님들과 라틴어로 인사를 주고

왕의 넋

받았다. 그들은 예정보다 하루 일찍 한양에 도착했는데, 교황청의 요청에 따라 아직 공식 완공되지 않은 히말라야 터널을 통해 여행 경로를 단축할 수 있었기 때문이었다. 7년 전 마드라스 출신의 요제피나 2세가 교황이 된 뒤로 인도와 바티칸 사이는 급속도로 좋아지고 있었다.

신 교수는 바티칸에 두 번 가본 적 있다. 파리 유학생 시절이었던 1952년에는 관광객이었다. 1969년엔 혁명정부가 보낸 밀사였다. 세속혁명을 성공시키기 위해서는 이후 서방 종교의 직접 개입이 없을 것이라는 확답을 받아내야 했다.

그게 6년 전이었다. 공화국은 그동안 남 도움 없이 그럭저럭 버텨오고 있었다. 하지만 꼭 필요한 전문가가 바티칸에만 있다면 어쩔 수 없이 손을 빌려야 하는 것이다. 그러다 교황에게 발목이 잡히는 위험이 있다고 하더라도.

뒤크뢰 박사는 가스화로 앞에 앉아 젖은 발을 녹이며 연구실 안을 둘러보았다. 바티칸 과학자의 눈에 화담 연구소의 기계들은 투박하고 조악해 보였을 것이다. 서양 사람들이 작업 비밀을 모두 공개하지 않는다면 남은 부분은 직접 시행착오를 겪어가며 알아서 채울 수밖에 없었다.

"춥군요."

뒤크뢰 박사가 말했다.

"사흘 전에는 더 했어요. 지금은 눈이 와서 조금 나아졌지요."

신 교수가 대답했다.

"거의 10년 만에 맞는 눈이네요. 모든 게 반가워요. 추위도. 눈도."

신 교수는 뒤늦게 신성과학자의 얼굴에 생긴 반짝이는 긴 상처를 눈치챘다. 상처는 왼쪽 눈 밑에서 시작해 뺨을 가로질러 목 뒤에서 끝났다. 과학자는 신 교수의 시선을 눈치채고 엄지로 상처를 쓱 문질렀다.

"영생파 광신도 짓이에요. 두 달 되었어요. 많이 다치지는 않았습니다. 하지만 제 제자 한 명은 다리를 하나 잃을 뻔 했어요. 다행히도 요새는 의술이 많이 좋아졌지요. 그 미치광이는 알렉산드리아 경찰이 사살했어요."

"죽고 나서 영혼이 천국으로 날아가던가요?"

"살아있을 때도 멀쩡한 상태가 아니었어요. 영생파

왕의 넋

신도들만 있는 천국이라니, 끔찍하지 않습니까? 왜들 그렇게 자신의 불멸성을 당연하게 생각하는 걸까요?"

영생파는 동방교회에서 갈라져 나온 이교 집단이었다. 그들은 하늘과 땅속에 천국과 지옥이 있고, 모든 사람들은 죽은 뒤에 심판을 받고 둘 중 하나로 들어가 영원히 격리된다고 믿었다. 그들은 당연히 모든 과학자들을 싫어했다. 지구가 태양 주변을 돈다는 천문학자들도 싫겠지만 영혼의 영원성을 부정하는 신성과학자들은 더 싫었다. 그 신성과학자가 탤런트 보유자라면 더욱 그랬다.

"다음 주 토요일이 10주년이라고요?"

뒤크뢰 박사가 물었다.

"네, 10년 전에 우리가 왕의 목을 쳤지요. 아무도 못 할 거라고 생각했지만 했어요."

"왕은 쉽게 안 죽지요. 목을 자르는 것만으로는 부족합니다."

"영통靈統 처리 방법이야 당연히 저희보다 더 잘 아시겠지요. 저희도 최선을 다했습니다. 하지만 어떤 때는 최선을 다하는 것만으론 부족하지요. 오시면서 옛 왕궁 앞에 엎드려 절하고 있는 영감들을 보셨는지요? 저들이 이씨 왕조의 영통이 이어진다는 믿음 없이 저러고 있을 거라고 생각하십니까?"

"영통을 끊는 가장 효과적인 방법은 다른 영통을 내세우는 것입니다."

"네, 다들 그렇다고 하지요. 하지만 우린 그런 거 없이 버티려 합니다. 우리가 처음도 아니지요."

"아스텍과 잉카 사람들은 600년 수명의 단일 영통과 상대하지 않아도 되었으니까요."

"바티칸의 십자군이 천 년 넘게 이어진 신대륙의 영통들을 산산조각 내고 불 질렀기에 가능했던 것이지요. 그 과정 중에 신성과학이 태어났고요. 저흰 지금 그 과학이 필요합니다."

뒤크뢰 박사는 눈을 가늘게 뜨고 가르시아 신부를 슬쩍 훔쳐보았다. 무어인 성직자는 가방에서 두툼한 서류 뭉치를 꺼내들고 웅얼거리는 목소리로 혁명정부의 공무원들과 이야기를 나누고 있었다. 대화 내용은 거의 들리지 않았지만 분위기는 딱딱하고 어색했다.

"전 정치엔 별 관심이 없습니다."

뒤크뢰 박사가 말을 이었다.

"전 여러분의 나라에 대해서도 잘 몰라요. 여러분

왕의 넋

이 영통 없는 세속정부를 만들건, 새 영통을 만들건 제가 알 바 아닙니다. 정원사로서 주어진 임무만 수행하면 되지요. 하지만 교황청 사람들은 저랑 입장이 다르지 않을까요?"

"일이 만족스럽게 진행된다면 혁명정부에서는 예수령을 따르는 사람들에게 바티칸 이중국적을 허가한다고 합니다."

"네, 저도 가르시아 신부에게서 그 이야기를 들었어요. 하지만 그건 혁명정부의 세속 이념과 충돌하지 않나요?"

"이중국적자는 선출공무원이 될 수 없고 투표권도 제한되겠지요."

"지금 이 시기에 교황청이 그것만으로 만족할 거라고 생각하시는 겁니까?"

"저보다 똑똑한 사람들이 교황과 거래하면서도 국가의 세속성을 잃지 않기 위해 최선을 다하고 있겠지요. 저 역시 걱정하고 있지만 그건 제 일이 아닙니다. 저도 제가 할 수 있는 일에 최선을 다할 뿐이지요."

연구소 직원 한 명이 뒤크뢰 박사에게 녹차를, 신교수에겐 박사의 가방에서 꺼낸 서류를 건넸다. 손님이 말없이 차를 마시는 동안 신 교수는 서류를 검토했다. 화담 연구소에서 모르는 내용은 없었다. 신성과학의 이론이야 다들 아는 것이었다. 그들에게 없는 건 바티칸이 수백 년 동안 갈고닦은 독점 기술이었다. 그 마지막 1퍼센트는 교황청의 정원사들이 절대로 내줄 리가 없는 신성한 비밀이었다.

신성함이라니. 어처구니없었다. 신성과학의 어디에도 신성함 따위는 없었다. 바티칸의 과학자들은 지금까지 자연의 법칙 바깥에 있다고 믿어왔던 모든 초자연현상이 통제 가능한 자연법칙의 일부라는 걸 증명했다. 세상은 혼돈 속 우연의 일치들이 쌓여 어쩌다 만들어진 운 좋은 결합에 불과했다. 창조주 신도 없었고 천국도 지옥도 없었으며 영혼이란 육체가 남긴 불안한 찌꺼기였다. 그 아슬아슬한 존재들이 지금까지 어둠 속을 날아다니며 우리의 정신을 혼란스럽게 했던 것이다.

교황청의 신학자들은 영리했다. 신성과학 이전에도 그들은 영리했다. 절대신 개념을 도입하려는 플라톤주의자들의 도전을 교묘하게 물리쳤고, 잡다한 미신적 경험을 통해 얻은 넝마나 다름없는 기술로 성지

139

여기저기에서 수집해온 예수령을 조립하고 살리고 키워, 지금의 바티칸을 지탱하고 전 세계 왕국과 제국의 40퍼센트를 지배하는 거대한 나무로 키워냈다. 그 영적 거대함은 주변 개혁교회 나부랭이들이 절대로 따라잡을 수 있는 수준이 아니었다. 여기에 신성과학의 기술이 더해지자 그들을 막을 수 있는 세력은 한동안 어디에도 없었다.

개혁교회들은 대부분 한 세기도 버티지 못하고 소멸했다. 바티칸의 귀신 따위에 속지 말고 성경의 말씀으로 돌아가라는 그들의 외침은 예수령이 신자들에게 주는 평온함과 확신 앞에 힘없이 무너져 내렸다.

다행히도 그들이 죽어간 자리 위에서 세속주의자들이 태어났다. 그들은 제도권 종교의 유령들도, 옛 시대에 고정된 고대 종교의 경전도, 왕국의 영통도 믿지 않았다.

이 차갑고 냉정한 불신과 도전의 정신 속에서 아스텍 세속 공화국이 태어났다. 공화국은 2세기 넘게 버티면서 전 세계 세속 철학자들과 과학자들을 끌어모았고 신대륙 식민지의 절반 이상을 집어삼켰다. 그리고 그 영향력은 포모사와 조선을 거쳐 아시아로 퍼져가고 있었다.

이 상황에서 바티칸은 어떤 선택을 내려야 할 것인가? 동방의 잡신들을 괴멸하고 예수령의 지배하에 두겠다는 토마 3세의 원대한 야망은 5차 페르시아 전쟁의 패전으로 산산조각이 났다. 이미 신성과학자들은 바티칸을 넘어 전 세계로 퍼져가고 있었다. 바티칸이 기술적 우위를 누릴 수 있는 시간도 얼마 남지 않았다. 적당히 균형을 잡으며 남은 40퍼센트를 유지할 수밖에 없는데, 이들은 세속공화국의 출현을 어떻게 이용할 것인가?

아무도 세속공화국의 종교적 관용이 바티칸의 최종 목표일 것이라고 생각하지 않았다. 그들은 청국으로부터 상하이 바티칸 자치시를, 일본으로부터 필리핀 왕국을 수호하는 외교적 도구로 혁명정부를 이용할 것이다. 어떤 영통도 부정하는 세속정부가 개입한다면 오히려 그들의 일은 간단해진다. 가벼운 선물처럼 보이는 정원사 부대의 투입 밑에는 일촉즉발의 동북아 정세에 교묘하게 개입하려는 교황의 음모가 깔려 있었다.

혁명정부가 이를 모를 리 없었다. 가르시아 신부

왕의 넋

와 맹렬하게 토론하고 있는 공무원들 뒤에 버티고 서 있는 세 여자들은 모두 신 교수와 마찬가지로 탤런트 보유자들이었다. 예전 같았다면 무당이 되었을 사람들을 과학적으로 훈련시켜 바티칸 정원사들의 마음을 읽으라고 파견한 것이다. 별 소용은 없을 거라고, 신 교수는 생각했다. 일단 그 정도 독심 능력에 대한 대비도 없이 정원사가 될 수 없었을 것이고, 교황청이 중요한 정보를 한 사람 두뇌에 몽땅 담는 멍청한 짓을 했을 리도 없었다.

연구소 사람들이 뒤크뢰 박사의 지도 아래에 무기를 조립하는 동안 교황청 정원사 부대원들이 다른 열차와 배를 통해 한 명씩 입국했다. 총 스물한 명이었고 그중 여덟 명은 왕국 시절 바티칸으로 망명한 조선인들이었다. 10여 년 만에 조국 땅을 밟아 다들 감개무량해 보였지만 그들의 마음속으로 들어가는 건 쉽지 않았고 포섭은 더더욱 불가능했다. 조립이 진척되자 정원사 부대원들은 연구소 직원들을 조립 작업에서 쫓아냈다. 모두 외국인들이었다. 조선인 부대원들은 가르시아 신부와 함께 첩보부 버스를 타고 나가더니 돌아오지 않았다.

상황은 점점 험악해졌다. 경복궁 앞 대로는 시위세력으로 발 디딜 틈이 없었고 그들이 아무 데나 싸지른 똥오줌 때문에 냄새도 끔찍했다. 전국에서 총 일흔두 명이 영통을 수호하겠다며 스스로 목숨을 끊었고 시위대는 경복궁 앞에서 죽은 다섯 명의 시체를 막대에 걸어 궁 안으로 집어던졌다. 혁명정부는 친정부 유학자들을 불러 이 광란을 막아보려 했지만 어느 누구도 그들의 말을 듣지 않았다. 들었다 해도 이해할 수 없었을 것이다. 이 상황을 어떻게 해석하고 다루어야 할지 모르는 건 그 학자 나으리들도 마찬가지였다. 그들이 라디오에 나와 지루하게 읊조리는 문장들은 자기 자신도 제대로 이해하지 못하는 헛소리였다.

무기 조립은 월요일에 끝났다. 지름 4미터, 길이 7미터의, 속이 빈 원통형 기계였다. 조립이 끝나자 부대원들은 기계를 뜰로 끄집어내고 전원을 연결했다. 기계는 화담 연구소 발전기가 만들어내는 전기의 절반을 잡아먹으며 윙윙거리는 불쾌한 소리와 함께 불꽃을 튕겼다. 뒤크뢰 박사는 이 기계를 간단히 약통이라고 불렀다. 정원사의 비유를 연장한다면 그들이 앞으로 할 일은 대규모의 제초 작업이었다.

왕의 넋

"좋은 정원사는 살리는 일과 죽이는 일 모두에 능해야 하지요. 다만 지금은 죽이는 일에 집중해야 합니다."

뒤크뢰 박사의 말은 서글프게 들렸다. 자신의 아름다운 기술이 대륙 맞은편에 있는, 이름도 잘 모르는 작은 나라의 정치 분쟁에 따분하게 이용되는 게 싫었으리라. 뒤크뢰 박사는 학살자가 아니었다. 이집트와 인도에서 뒤크뢰 팀이 한 일은 아름다운 영적 정원을 가꾸는 것이었다. 그들의 정원은 종종 위험할 정도로 동방의 잡신들 사이에서 어우러지고 섞였지만 지금은 관용과 타협, 외교적 술수의 시대였다. 그래도 이 험한 일에 자원한 걸 보면 이렇게 해서라도 의심을 피해야 할 만큼 상황이 까다로운 모양이었다. 지금 교황 밑에선 단 한 번도 종교재판이 열린 적 없었지만 누가 알겠는가.

모든 일이 끝난 건 수요일 밤이었다. 화요일 밤에 전국으로 흩어졌던 조선인 부대원들이 돌아왔고 수요일 정오가 지나기 전에 첩보부의 트럭들이 포승줄에 묶인 아흔아홉 명의 남자들을 화담 연구소 앞마당에 집어던졌다. 숨어 있는 동안 제대로 씻지도 못했는지 다들 냄새가 끔찍했고 몇 명은 정신고문을 당했는지 눈이 퀭하고 사지가 따로 놀았다. 첩보부원들은 이들을 걷어차고 곤봉으로 내려치면서 눅눅한 눈으로 덮인 땅바닥에 앉혔다.

신 교수는 마당에 쓰러진 남자들을 한 명씩 세웠다. 아흔하나, 아흔둘, 아흔셋, 아흔넷, 아흔다섯, 아흔여섯, 아흔일곱, 아흔여덟, 아흔아홉. 다시 처음으로 돌아가 하나, 둘, 셋, 넷, 다섯… 이를 아홉 번 반복하자 아흔아홉 다음에 백 번째 남자가 나타났다. 25년 동안 이 나라의 군주였던 남자, 누더기가 된 영통의 찌꺼기를 긴 꼬리처럼 달고 있는 초라한 귀신, 이종이었다.

혁명정부가 왕의 목을 쳤을 때 그의 몸은 이미 텅 비어 있었다. 아흔아홉 조각으로 쪼개진 왕의 넋은 아흔아홉 추종자의 몸속으로 들어갔다. 전국으로 흩어진 그들은 10년 뒤 역혁명을 꿈꾸며 자신이 맡은 넋의 조각들을 보존했다. 1세기 전이라면 상상도 할 수 없는 일이었다. 오로지 서양 신성과학의 지식이 있었기 때문에 가능했다.

혁명정부는 이들을 찾기 위해 지난 10년 동안 전국

왕의 넋

을 뒤졌지만 허사였다. 역혁명의 날은 다가오고 있었다. 가장 발전된 신성과학기술을 보유하고 있는 곳, 바티칸의 힘을 빌리는 것 이외엔 다른 방법이 없었다. 수많은 사람들이 반대했고 그중 한명은 회의실에서 분신자살했다. 하지만 존경받는 혁명가였던 그도 알았으리라. 바티칸의 정원사들이 그들의 유일한 희망이라는 것을.

뒤크뢰 박사가 전선으로 연결된 조종간의 손잡이를 내리자 약통이 트럼펫처럼 장엄한 노래를 부르며 깨어났다. 몸통에서 튀어나온 불꽃들은 하나씩 모여 푸른 회오리바람이 되었다. 푸른 바람은 곧 뜰 전체를 휘감았다. 이제 모두 똑같은 얼굴을 한 백 명의 남자들은 일제히 고통스러운 비명을 질렀다. 몸이 뒤틀렸고 얼굴이 녹아내렸으며 몸에서 떨어져 나온 초록색의 얇은 조각들이 나비처럼 흩날리다 하나씩 소용돌이에 쓸려 들어갔다.

오로지 탤런트를 지닌 사람들과 그들이 다루는 기계만이 볼 수 있는 광경이었다. 보통 사람들의 눈에는 이유 없이 몸부림치는 아흔아홉 명의 더러운 남자들만이 보일 뿐이었다. 그 때문에 소수의 극단적인 회의주의자들은 신성과학과 영혼 자체를 부정했다. 그들은 이 모든 것이 수천 년 동안 전 세계에 흩어진 몇몇 사기꾼과 미치광이들에 의해 이어져온 마술 쇼에 불과하다고 우겼다. 그런 목소리가 꽤 큰 힘을 내던 때도 있었다. 하지만 과학은 스스로를 증명해가고 있었다.

한 시간이 지나자 약통이 꺼졌다. 소용돌이는 약통으로 빨려 들어갔고 뜰에는 아흔아홉 구의 뒤틀린 시체만이 남아 있었다. 뜰은 고요했다. 죽은 왕의 흔적은 티끌만큼도 남아 있지 않았다. 600년 동안 이어진 영통의 진정한 끝이었다. 그리고 그 모든 과정은 연구소 곳곳에 설치된 열 개의 신성영화촬영기를 통해 녹화되었다.

"끝났나요?"

신 교수가 물었다.

"이씨 왕조의 영통은 소멸했습니다. 제 일은 끝났어요. 당신들에겐 아니겠지만."

뒤크뢰 박사는 비틀거리면서 자리에서 일어났다. 지금까지 억지로 지켜봐야 했던 흉물스러운 광경에 진저리가 나는 모양이었다. 연구소 안으로 걸어가며

왕의 넋

신성과학자는 프랑스어로 노래를 흥얼거렸다. 신 교수도 알고 있는 옛날 정원사 노래였다. 오늘도 나는 정원을 가꾸었어요. 가지를 조금 잘랐고 꽃을 피웠지요. 그래요, 가지를 조금 잘라야 했지요…. 신 교수가 따라 들어가자 뒤크뢰 박사는 음울한 표정을 지으며 어깨를 으쓱했다.

"부대원들과 가르시아 신부는 남을 거예요. 다들 알아서 잘 하겠지요. 하지만 전 내일 알렉산드리아로 돌아갑니다. 가꾸어야 할 제 정원이 거기에 있으니까요. 모두에겐 가꾸어야 할 자기만의 정원이 있지요. 그것이 꼭 영적인 것이 아니더라도."

뒤크뢰 박사는 다음 날 아침 4시에 대륙횡단특급을 타고 나라를 떠났고, 요제피나 2세가 개혁파 테러리스트에게 암살당한 다음 해인 3년 뒤에 종교재판에 넘겨졌다가 감옥에서 뇌종양으로 세상을 떴기 때문에 그건 두 사람이 나눈 마지막 대화였다.

그 뒤로 종종 신 교수는 그날 밤을 떠올렸다. 영통이 채 빨아들이지 못한 퀴퀴한 푸른 연기 속에 서 있던 신성과학자의 통통한 실루엣을, 정원에 대한 흐리멍덩한 이야기를, 그리고 중세 베르베르 왕궁 정원사

가 지었다는 그 단조로운 노래를. 그래요, 가지를 조
금 잘라야 했지요.

왕의 넋

가말록의 탈출

1

　운수 담당은 컨테이너 뚜껑 위에 난 작은 다이아
몬드 창을 통해 안을 들여다봤다. 내부는 조명이 꺼
져 어두웠다. 그가 볼 수 있었던 건 허공에 떠 위태롭
게 흔들리는 한 쌍의 붉은 눈밖에 없었다. 포기한 그
는 상자 옆에 새겨진 안내문으로 눈을 돌렸다. '가말
록—멜록—노트르담'.

　"이게 도대체 무슨 뜻이야?"

　운수 담당은 이리저리 뛰어다니며 궤도에서 낙하
한 다른 컨테이너들을 헤아리던 회사 직원에게 물었
다. 그는 다소 짜증 섞인 표정으로 컨테이너에 다가
와 안내문을 슬쩍 훑어보았다.

"이름, 포지션, 구단 이름."

직원이 말했다.

"가말록은 녀석의 이름이고, 녀석의 팀 내 포지션은 멜록이고, 팀 이름은 노트르담이야. 이번 주에 지구 최초의 가녹 경기가 있어. 해 뜨기 전에 녀석들을 시내로 데려가서 주말까지 녀석들의 컨디션을 최상으로 끌어올려야 해."

"가녹은 도대체 뭐야?"

"공놀이지, 뭐. 저런 괴물들을 여섯 마리씩 묶어서 운동장에 내놓고 공을 던진다. 그럼 녀석들은 죽어라 서로를 물어뜯으며 그 공을 자기네 둥지로 가져오지. 열세 개의 공을 차례로 던져서 한쪽이 일곱 개 이상 얻으면 이기는 거야. 그거 빼면 규칙이고 뭐고 없어. 짐승들이니까."

"포지션도 있다며?"

"별거 아니야. 멜록은 우두머리야. 바단은 둥지를 지키는 놈이고. 나머지 네 마리는 엑사들이야."

"놈? 바단도 수놈이야?"

"몽땅 수놈들이지. 녀석들은 암컷들이 어떻게 생겼는지도 모를걸. 인공수정 되었으니까. 라두 암컷들은 공놀이 따윈 하지 않아. 애들 키우고 먹이 모으고 굴 파느라 바쁘지."

"그럼 둥지는 왜 있는 건데?"

"커서 무리에서 쫓겨난 수컷들은 둥지를 만들어서 모보라는 짐승의 빈 껍질을 모아. 남들이 가진 걸 보면 빼앗기도 하고. 왜냐고? 녀석들은 원래부터 가축이었어. 몇천 년 전에 다른 누군가가 녀석들을 공놀이하는 광대로 키운 거지."

"그 원래 주인들은 어디에 있는데?"

"몰라, 멸망했거나 달아났겠지. 그러다 지구에서 온 고고학자들이 가녹을 부활시킨 거야. 순전히 학문적 이유라지만 그게 말이 되나? 텅 빈 행성에서 할 일 없어 심심한 놈들이 새로운 소일거리를 찾은 거야. 그게 어쩌다 보니 스텔라 마리스-2에서 가장 인기 있는 스포츠가 된 거고. 그걸 우리에게도 보여주겠다며 녀석들을 지구로 보낸 거야."

이야기를 마친 직원은 막 해변에 도착한 회사 중역의 자동차를 향해 달려갔다. 운송 담당은 밤하늘에서 희미한 별처럼 반짝이는 스타게이트를 잠시 바라보다가 다시 컨테이너의 다이아몬드 창에 눈을 돌렸다.

가말록의 탈출

라두는 아까와 마찬가지로 둔중한 무표정을 유지하며 그를 바라보고 있었다.

'도대체 무슨 생각을 하고 있는 걸까?'

그는 그게 궁금했다.

2

다섯 시간 뒤, 시립경기장 지하실에 이동 우리를 설치한 보안회사 직원들은 라두들의 온전한 모습을 볼 수 있었다. 컨테이너에서 나와 이동 우리로 들어간 라두들은 목이 짧고 머리가 조금 더 둥글고 컸으며 날개가 없을 뿐 그림책에 나오는 용과 같았다. 그들은 우리 안을 돌아다니면서 그들을 가둔 창살의 냄새를 맡았다. 둔하게 번들거리는 그들의 붉은 눈은 안에 발광체를 박은 유리알처럼 무표정했다. 오히려 그들 등에 심은 전자문신 쪽이 더 살아있는 것처럼 보였다. 회사 직원이 컴퓨터로 지시를 내리자 라두들의 넓적한 등짝에는 맥주회사 광고가 번뜩거렸다.

우리 문 하나가 열리고 가말록이 기어 나와 몸을

일으키자 그들을 지켜보던 사람들은 움찔하며 뒤로 물러났다. 가말록은 컸다. 아무리 작게 봐도 8미터는 넘을 것 같았다.

가말록이 밖으로 나오자 노트르담 팀의 사육사는 리모컨을 작동시켜 천장에 매달려 있는 열세 개의 하얀 공들 중 하나를 떨어뜨렸다. 가말록은 쿵쿵거리며 달려와 공을 가로채더니 다시 우리 안으로 뛰어 들어갔다. 녀석은 구석에 동그랗게 몸을 말고 앉아 있던 라두에게 공을 던졌고 그 라두는 마치 알이라도 되는 것처럼 공을 끌어안았다. 짧은 소동이었지만 운동장은 지진이라도 난 것처럼 요란하게 흔들렸다.

"어떻게 저 덩치에 저런 속도가 나오죠? 스텔라 마리스-2는 여기랑 중력이 다른가요?"

보안회사 직원들 중 한 명이 사육사에게 물었다.

"특별히 다를 것도 없어요. 1.02 정도? 지구보다 중력이 더 크다면 이런 스포츠가 활성화될 수 없었겠지요? 하지만 녀석들이 스텔라 마리스-2가 아닌 다른 행성 출신인 건 분명해요. 그곳이 어떤 곳인지는 아무도 모르지만요. 우리가 이해할 수 없는 녀석들의 몇몇 습성들도 그 행성에서 유래한 것일지도 모르죠.

157

가말록의 탈출

공에 대한 집착 같은 건 분명 그쪽 세계에서 먼저 이식되었을 겁니다."

"훈련 때문이 아닌가요?"

"아뇨, 저렇게 몰아넣으면 녀석들은 훈련 없이도 가녹을 합니다. 가녹은 우리가 만든 게 아니에요. 녀석들이 우리에게 먼저 보여줬고 우린 나중에 고문서를 해독하다가 이름을 알아냈을 뿐이죠. 다 본능이에요. 우린 녀석들을 지나치게 길들이지 않으려 합니다. 야성이 약해지면 게임이 재미없어지니까요. 공격성이 지나쳐서 상대방을 죽이거나 관객들에게 난동을 부리지 않고 제때에 우리 안으로 들어가기만 하면 충분해요. 녀석들은 이제 이런 경기에 익숙해졌어요. 하지만 그래도 조심해야 합니다. 지구와 거기는 환경이 다르니까요. 우리가 아직 모르는 변수가 남아 있을 수도 있어요."

3

노트르담 팀과 과달루페 팀의 경기는 토요일 저녁

에 열렸다. 얼마 전에 끝난 내전으로 지친 4천여 명의
사람들이 새 구경거리를 찾아 시립경기장으로 몰려
들었다.

관중 사이엔 8개월 전까지만 해도 시민군 장교였
던 한 남자가 끼어 있었다. 지금은 가명으로 사설 경
호회사의 엔지니어로 일하고 있는 그는 외투 호주머
니에 작은 폭탄을 하나 숨겨놓고 있었다. 그 역시 경
기장에 들어오려면 검색대를 통과해야 했지만 폭탄
은 걸리지 않았다. 경호회사에서 일하는 몇 개월 동
안 그는 폭탄을 비밀리에 반입하는 방법을 고안했던
것이다.

그는 왜 자기가 이런 짓을 하고 있는지 알지 못했
다. 새 정부에 대한 분노는 여전했지만 그렇다고 새
로 내전을 일으키거나 테러를 저질러야 할 이유도 없
었다. 그런데도 그는 폭탄과 은폐상자를 만들어 여기
까지 왔던 것이다. 그건 일종의 게임일 수도 있었다.
그는 자기에게 손가락 하나만 까딱해도 사방 수십 명
을 날려버릴 수 있는 힘이 있다는 것만으로도 막혔던
무언가가 확 뚫리는 것 같았다. 사실 그는 다른 사람
들과 마찬가지로 경기장에서 공놀이를 하는 외계 괴

물들을 보러 온 것이었다. 단지 팝콘 대신 폭탄을 들고 왔을 뿐.

경기는 7시에 시작되었다. '다른 세계에서 온 악마들'에 대해 떠들어대는 아나운서의 멘트가 끝나자 경기장의 양 끝이 열리고 노트르담 팀과 과달루페 팀이 몰려나왔다. 지구인들은 스텔라 마리스-2의 관중들처럼 열광하지는 않았지만 그래도 환호는 만만치 않았다. 그건 좋아하는 팀에 대한 팬들의 열광이 아니라 신기하게 생긴 거대한 짐승들에 대한 흥분이었다.

그들 중 절반은 가녹 경기에 대해 아무것도 몰랐지만 상관없었다. 가녹에 규칙 같은 건 없었다. 라두들은 그냥 달리고 점프하고 상대방을 내리치고 물어뜯고 뿔로 받으면서 공을 빼앗거나 빼앗겼다. 짐승들의 난폭한 본능 위에 인간들이 멋대로 투영한 규칙들이 겹치자 그것은 스포츠가 되었다.

처음에는 반쯤 뚱한 태도였던 엔지니어는 서서히 라두들에게 빨려 들어갔다. 그들이 경기장 바닥을 발로 후려치며 점프할 때마다 그의 심장은 쿵쿵 뛰었다. 그는 한 팀이 점수를 딸 때마다 고함을 질러댔고 가끔은 일어나 주먹을 휘둘렀다.

그러다 그는 서서히 숨이 막히기 시작했다. 처음에는 흥분 때문인 줄 알았다. 하지만 그게 아니었다. 어느 순간부터 그는 라두들이 감금되어 있다는 사실을 인식하고 있었다. 아무런 제재도 받지 않고 뛰어다니는 것처럼 보이는 이 괴물들은 경기장과 인간 세계와 멋대로 인간들이 만든 규칙들과 몇천 년 전 그들을 개량한 외계인들이 만든 본능 속에 갇혀 있었다. 그들이 아무리 점프를 하고 공들을 빼앗아도 그 사실은 바뀌지 않았다.

그 순간 그는 자신을 지금까지 압박하고 있는 것이 무엇인지 알아차렸다. 그건 현 정부에 대한 증오심도 아니었고 지금은 거의 잊어버린 정치적인 신념도 아니었다. 그를 억누르고 있는 건 그의 존재를 억압하고 행동을 제한하는 우주의 모든 것이었다. 그가 아직도 내전 시절을 그리워하는 것도 신념 따위 때문은 아니었다. 전쟁은 잠시나마 그에게 자유의 환상을 주었다. 물론 그건 진짜 자유일 수가 없었다. 살아있는 동안 그가 원하는 순수한 자유를 얻을 수는 없었다.

노트르담 팀이 5점을 추가하는 순간 이 모든 사실을 인지하게 된 그는 죽음과 소멸을 향한 강한 욕망

가말록의 탈출

에 사로잡혔다. 이 순간을 놓치면 다시는 이런 선택을 할 수 없을 것만 같다고 느낀 그는 폭탄이 든 외투 주머니 안에 손을 넣었다.

폭발과 함께 그의 몸은 산산조각 났다.

4

엔지니어의 폭탄 테러로 그를 포함한 스물세 명이 죽었고 백여 명이 중경상을 입었다. 하지만 그로부터 한 시간 뒤 시경 재난관리과에 소속된 일곱 명의 경관들이 산악용 강화복을 입고 경기장에서 14킬로미터 떨어진 난민촌 부근을 누비고 있었던 건 테러리스트 용의자들을 소탕하기 위해서가 아니었다. 폭발 때문에 관중석과 경기장을 차단하고 있던 보호막이 붕괴되었고, 그곳으로 다섯 마리의 라두가 탈출했던 것이다. 그들 중 과달루페 팀에 소속된 세 마리는 즉시 잡혔고 노트르담 팀에 소속된 한 마리도 근처 건물에서 구석에 몰아넣는 데 성공했지만 한 마리는 용케 탈출에 성공했다.

그 운 좋은 라두는 바로 가말록이었다. 스텔라 마리스-2에 있는 노트르담 열성 팬들이라면 환호성을 질렀을 법한 뉴스였다. 가말록은 그들에게 슈퍼스타였다. 그들은 가말록이 탈출하는 동안 인간들을 벌레처럼 밟아 죽여도 신경 쓰지 않았을 것이다. 하지만 지구의 구조대원들에겐 낯설고 위험한 임무가 하나 더 늘어난 것에 불과했다.

"녀석은 폐쇄된 17번 지하철도를 타고 달아났어."

한 시간 전 팀장은 난민촌을 정리하고 있던 부하들을 불러들여 강화복과 무기를 나누어 주며 말했다.

"그만한 덩치가 있는 놈이 우리에게 들키지 않고 이렇게 오래 버틴 것도 그 때문이지. 녀석은 시 경계선 부근의 붕괴 지점에서 지상으로 올라와 달아났는데, 아무래도 난민촌을 향해 올라갈 것 같다. 다른 길이 없어."

"육식동물입니까?"

팀원들 중 한 명이 물었다.

"곰처럼 위험한 잡식동물이다. 스텔라 마리스-2에서는 뭐든지 닥치는 대로 먹는 놈들이라고 알려져 있어. 사육사들 말에 따르면 생물학적 차이 때문에 지구 생물은 먹을 수 없다는군. 하지만 녀석이 그걸 알리가 없지. 게다가 녀석은 십중팔구 흥분해 있을 거야. 무차별적 인명 살상 가능성을 염두에 두어야 해."

"그렇게 위험한 짐승을 폼 블라스터만으로 잡으라는 겁니까?"

"난민촌에서 총기 사고 내고 싶나? 괴물이 난민들을 죽이면 차라리 괜찮아. 하지만 우리가 그 사람들 다리에 실수로 총구멍이라도 낸다면 어떤 일이 벌어질지 생각해봤어? 게다가 아주 특별한 경우가 아니면 괴물을 죽여선 안 돼. 식민지에서는 나름대로 스타라나. 녀석을 죽이는 건 무하마드 알리를 죽이는 것과 마찬가지처럼 보일 거야."

팀장을 제외하면 무하마드 알리가 누군지 아는 사람은 아무도 없었지만 그래도 무슨 뜻인지는 다들 짐작할 수 있었다.

그들은 헐어빠진 조립식 건물들이 빼곡하게 들어찬 산기슭을 올라갔다. 푸른 달빛에 물든 마을은 차갑고 추해 보였다. 이미 여러 차례 경고방송이 떨어졌지만 그래도 꽤 많은 사람들이 혹시 괴물을 볼 수 있지 않을까 하고 밖에 나와 얼쩡거리고 있었다. 세금 뜯어먹는 쓰레기 같은 것들. 팀장은 속으로 투덜거렸다. 이곳은 희귀 사슴 서식지와 가깝기 때문에 환경부에서는 어떻게든 이들을 다른 곳으로 쫓아버리려 하고 있었지만 여론 때문에 쉽지가 않았다.

"초광속 여행을 하는 시대에 아직도 이렇게 사는 사람들이 있다는 게 신기하지 않아?"

팀원 중 한 명이 옆의 동료에게 속삭였다.

"남이 미리 파놓은 땅굴을 타고 넘나드는 게 그리 대단한 발전인가?"

팀장이 대꾸했다. 그는 왜 사람들이 스타게이트와 우주 터널들을 과대평가하는지 알 수가 없었다. 우주 시대가 되었다고 사는 문제가 해결되는 건 아니다. 수많은 지구인들이 고대 문명의 터널을 타고 은하계 이곳저곳으로 흩어졌지만 그렇다고 그들이 지구에서 겪던 문제들을 그곳에서 해결한 건 아니었다. 그들은 그 문제들을 고스란히 짊어지고 우주로 갔다.

머쓱해진 팀원은 강화복 헬멧 안쪽에 부착된 추적 장치의 모니터를 노려봤다. 그들은 지금 괴물이 남긴 체취를 따라 계속 산을 오르고 있었다. 가말록 때문에 난민촌은 이미 발칵 뒤집힌 상태였지만 난민들에

가말록의 탈출

게 직접 정보를 얻는 건 어려웠다. 그들은 원래부터 경찰을 좋아하지 않았고 오히려 어느 정도 이 소동을 즐기는 것처럼 보였다. 하긴 그들이 잃을 게 뭐가 있겠는가. 어쩌면 이 소동으로 보상금을 챙길 기회를 노리고 있는지도 모른다. 이미 녀석은 달아나면서 다섯 개의 이동식 주택을 박살냈고 열일곱 명의 부상자를 냈다. 아마 소동이 끝나면 그들은 손해의 몇십 배를 정부한테서 뜯어낼 것이다.

그들이 산등성이에서 발견한 남자 두 명도 그 때문에 죽었을지 모른다. 남자들의 시체는 마을에서 상당히 떨어진 외진 산길 옆에 버려져 있었다. 그들은 맨몸으로 가말록을 따라나섰던 것이다. 모두 몸에 손톱자국이 나 있었지만 출혈은 적었다. 가말록은 귀찮게 구는 남자들을 그냥 집어던진 모양이었다. 녀석은 시체를 먹이로 생각하지도 않았다.

"도대체 왜 계속 산을 오르는 걸까요?"

아까 그 팀원이 말했다.

"산을 따라 조금만 돌아가면 사슴보호구역이 나오는데요. 못 봤을 리가 없어요. 게다가 산 북쪽이면 무연고 묘지라 난민들도 별로 없지 않습니까? 아까 그

갈림길에서 내려가는 게 더 정상적일 텐데, 녀석은 계속 위로 올라가고만 있군요."

"원래 산악 종족이 아닐까?"

옆의 동료가 말했다.

"아냐, 그럴 리가. 구기 본능이 있는 녀석들이라고 하지 않았어? 공 던지고 빼앗고 달리려면 평원에 익숙한 게 정상이지."

"하지만 여긴 녀석의 고향이 아니잖아. 달아나는 입장에서는 평원이 더 무섭게 느껴졌을 수도 있어. 게다가 일단 사람들을 피하려면 접근하기 어려운 산이 낫지 않아?"

"그래도 이상하지. 산에 오르려면 일단 난민촌을 통과해야 해. 어쩔 수 없이 사람들과 마주쳐야 한단 말이야. 그렇다면 평원 쪽으로 달아나는 게 오히려 정상이지."

두 사람이 수다를 떠는 동안 팀장은 추적장치를 노려봤다. 가말록은 작정하고 산꼭대기를 향해 기어오르고 있었다. 도대체 이유가 뭐야? 산꼭대기에서 넌 도대체 무엇을 보았지?

"지금 속도로 계속 올라갔다면 녀석은 이미 정상에

도착했을 거다."

팀장이 말했다.

"여기부터 갈라지기로 한다. 겁먹을 것 없어. 상황은 우리에게 유리하다. 녀석은 산꼭대기까지 올라가느라 지쳤을 거야. 강화복의 도움으로 올라온 우리가 유리하지. 녀석을 포위한 뒤 내가 신호하면 일제히 폼 블라스터로 녀석에게 거품을 쏘아준다. 거품이 굳어 몸이 둔해지면 그다음에 충격총으로 제압해. 외무부에서 허가가 떨어지면 곧 본부에서 비행선을 보낸다고 했으니, 빠르면 한 시간 안에 집에 갈 수 있다. 자, 모두 힘을 내."

부하들이 흩어지자 팀장은 강화복의 팔을 늘려 고릴라처럼 만들고 네발 동물의 자세로 산을 기어올랐다. 스무 걸음도 걷기 전에 그는 가말록이 정상에 도착했다는 걸 알 수 있었다. 가말록은 쩌렁거리는 저음으로 울부짖고 있었다. 마치 자기가 어디에 있는지 인간들이 알아도 아무 상관없다는 것 같았다. 녀석의 울음은 절실했고 은근히 괴상했다.

10분 뒤, 팀장은 정상 바로 밑까지 도착했다. 나무 뒤에 숨은 그는 꼭대기의 가말록을 관찰했다. 가말록은 불만스러운 듯 발을 쿵쿵 구르다 마치 경기장에 날아든 공이라도 잡아채려는 것처럼 점프했다가 다시 땅에 떨어지기를 반복했다. 녀석은 마치 공터에서 연습하는 농구 선수 같았다. 심지어 몇 초 동안 팀장은 정말 그럴지도 모른다고 생각했다. 녀석은 그냥 혼자 조용히 공놀이 연습을 하고 싶었던 건지도 몰라. 하지만 그는 곧 고개를 저었다. 그렇게 시시할 리가 없다. 뭔가 더 큰 이유가 있어. 목숨을 걸 만큼 큰 이유가.

"공격할까요?"

강화복의 마이크를 통해 팀원들의 목소리가 들렸다. 팀장은 조금 더 가말록의 행동을 관찰하고 싶었지만 그럴 여유가 없다는 것도 알고 있었다. 녀석을 관찰하는 건 우주생물학자들의 몫이다. 내 일이 아니야.

"공격!"

팀장의 명령이 떨어지기가 무섭게 그를 포함한 일곱 명의 팀원들은 요란한 고함을 질러대며 정상의 공터를 향해 달려갔다. 스피커로 부풀려진 그들의 고함 소리는 가말록의 울음소리를 덮고 산 위에 울려 퍼졌다.

폼 블라스터에서 발사된 거품 덩어리들이 가말록

을 향해 날아들었다. 거의 춤추는 것처럼 몸을 피한 녀석은 눈에 가장 먼저 들어오는 팀원 한 명을 꼬리로 내려치고 다른 한 명을 앞발로 잡아 집어던졌다. 땅에 떨어진 팀원은 바로 그 옆에 있던 다른 팀원들을 넘어뜨리고 내리막길로 굴러갔다.

부하들이 주춤하자 팀장은 접근전을 시도했다. 그는 폼 블라스터를 움켜쥐고 가말록을 향해 뛰어들었다. 가말록의 앞발이 그의 등을 스쳤지만 그는 용케 배 밑으로 들어와 오른쪽 뒷다리에 폼 블라스터를 갈길 수 있었다. 명중한 거품 덩어리는 순식간에 굳어 석고붕대처럼 무릎을 감쌌다. 한쪽 다리가 굳자 가말록은 균형을 잃고 쓰러져 산꼭대기에서 주르르 미끄러졌고, 팀장은 그 순간을 이용해 괴물의 다른 쪽 뒷다리도 공격했다. 뒤따라온 몸 성한 부하들도 그의 공격에 합류했고 가말록의 몸은 하얗게 굳은 거품으로 덮였다.

한동안은 모두들 일이 다 끝난 줄 알았다. 하지만 팀원들의 관심이 아래로 떨어진 동료들에게 향한 바로 그 순간 가말록은 다시 움직였다. 왼쪽 뒷다리와 오른쪽 앞다리에 붙어 있던 거품들이 떨어져 나갔고 가말록은 다시 산 정상을 향해 기어 올라갔다. 그러는 동안 녀석이 휘둘러댄 꼬리에 맞아 두 명이 밑으로 떨어져 나갔다.

부하들의 무능력에 진력이 난 팀장은 다시 폼 블라스터를 움켜쥐고 가말록을 따라나섰다. 다시 산꼭대기에 올라간 녀석은 이제 나무에 기어오르려 하고 있었다. 정상에서는 가장 높은 소나무였지만 그래봤자 녀석의 키 정도에 불과했고 그나마 녀석의 무게를 견디지 못하고 휘청거렸다. 결국 나무는 부러졌고 땅에 떨어진 가말록은 다시 울부짖으며 하늘을 향해 앞발을 휘둘렀다.

팀장은 그런 녀석의 모습에서 어떤 절망감을 느낄 수 있었지만 괴물에 감정 이입을 하느라 시간 낭비할 생각은 없었다. 그는 폼 블라스터를 겨누고 녀석의 얼굴과 목에 거품 덩어리를 쏘았다. 눈과 귀가 막힌 괴물이 당황하는 동안 그는 거품이 떨어진 블라스터를 던지고 처음 나가떨어진 부하가 흘린 것을 집어들어 괴물의 다리에 쏘았다. 잠시 뒤 괴물은 조용히 쓰러졌다. 충격총은 쏠 필요도 없었다. 녀석은 아까까지만 해도 가지고 있었던 희망을 모두 잃고 포기한

가말록의 탈출

것 같았다. 녀석의 목에서 기어 나오는 으르렁거리는 소리는 마치 어린아이의 투정처럼 들렸다.

한숨을 돌린 팀장은 강화복의 헬멧을 벗고 하늘을 올려다보았다. 그때서야 그는 가말록이 무엇을 보고 그렇게 흥분했는지, 무엇을 쟁취하기 위해 산꼭대기까지 기어올랐는지 알 수 있었다. 그 해답은 너무나도 단순해서 그가 왜 지금까지 그 사실을 눈치채지 못했는지 이상할 정도였다. 아마 시야를 제한하는 헬멧 때문이었을 것이다.

하늘에는 보름달이 떠 있었다.

5

라두들은 하늘엔 별 관심이 없었다. 그들의 태양은 맨눈으로 보기엔 지나치게 밝았고, 별이나 별보다 특별히 더 클 것도 없는 스텔라 마리스-2의 작은 위성들은 먹을 수 없는 점에 불과했다. 어차피 그것들은 잘 보이지도 않았다. 바다가 행성 표면의 82퍼센트를 차지하는 습기 찬 행성에는 흐린 날이 많았고 비가 자주 왔다.

라두들은 그들이 사는 평원이 더 좋았다. 특히 평원에 굴러다니는 모보의 빈 껍질이 좋았다. 모보들은 탈피할 때가 되면 몸을 복어처럼 동그랗게 부풀렸다가 공 모양으로 변한 껍질에서 빠져나왔다. 무리에서 떨어져 나온 라두 수컷들은 봄이 되면 평원을 돌아다니며 모보의 빈 껍질을 모았고 기회가 생기면 남의 것도 훔쳤다. 종종 그러느라 먹이를 찾지 못해 굶어 죽는 라두들도 생겼다.

지구인들이 내려와 그들에게 하얀 플라스틱 공을 던져주었을 때 수많은 라두들의 삶이 바뀌었다. 지구인들의 공에 비하면 모보의 빈 껍질은 초라한 모조품에 불과했다. 한번 공을 접한 라두들은 그들이 모았던 모보 껍질들을 버리고 공을 찾아 가까운 지구인들의 마을로 내려왔다. 그들은 지구인들을 죽이고 집을 뒤졌지만 공은 나오지 않았다. 절망한 라두들은 마을을 부수고 텅 빈 밤하늘을 올려다보며 울부짖었다.

지구인 역사학자들이 라두 수컷들을 잡아 가두고 가둑을 시켰을 때, 동물보호론자들은 이를 잔혹행위라고 비난했다. 하지만 그건 그들이 아무것도 몰랐기 때문이었다. 물론 라두들은 감금 상태를 좋아하지 않았다. 하지만 그들은 자유 역시 좋아하지 않았다. 그나마 경기장에서 가뉵을 할 때 그들은 가장 온전할 수 있었다. 라두들에게 경기장은 자연보다 더 자연에 가까웠다.

지구에 오기 전까지만 해도 가말록은 행복한 짐승이었다. 그는 경기장과 공과 관중의 환호가 좋았다. 경기장과 농장 사이를 오가며 20여 년의 세월을 보내는 동안, 그는 자신의 행복에 익숙해졌고 그 이상의 무언가가 있을 것이라고는 상상도 하지 못했다.

폭발 사고 이후 가말록이 경기장에서 달아났던 것도 그가 자유를 갈망했기 때문은 아니었다. 그 자리에 있던 다른 인간들과 마찬가지로 그 역시 겁이 났고 정신은 혼미했다. 그는 혼란 속에서 발이 가는 대로 움직였고 어쩌다보니 버려진 지하철 통로에 와 있었다. 밀폐된 지하 공간에 익숙지 않은 가말록은 정신없이 달렸고 그러다보니 점점 경기장으로부터 멀어져만 갔다.

한참을 달리자 희미한 빛이 보였다. 정신없이 달려간 가말록의 눈에 뭔가 반짝이는 게 보였다. 그건 빗물이 고인 웅덩이였다. 웅덩이는 둥글고 하얀 빛을 품고 있었다. 가말록은 본능적으로 웅덩이에 앞발을 넣었지만 아무것도 잡히지 않았다. 그때서야 그는 그것이 하늘에서 내려온 빛의 반영이라는 걸 알았다. 그는 고개를 들었고 난생처음으로 보름달을 보았다.

그 순간 머릿속에서 철컥 소리가 들리는 것 같았다. 그건 지구인의 하얀 공을 처음 보았을 때 조상 라두들의 머릿속에서 들렸던 것과 같은 소리였다. 모보 껍질과 마찬가지로 가녹용 하얀 공 역시 대체물에 불과했다. 가말록의 정신과 육체가 평생을 통해 갈망하고 있었던 건 지상의 공들이 아니라 바로 저 하늘의 공이었다.

터널에서 기어 나온 가말록은 앞발로 하늘을 휘저었다. 달은 잡히지 않았다. 그는 점프했고 가까운 건물의 옥상 위로 기어올랐지만 여전히 달은 한참 위에 있었다. 자기 기분을 견디지 못해 지붕 위에서 씩씩거리던 그는 북쪽에 솟아 있는 산을 보았다. 산과 달을 번갈아 바라보며 그 거리를 측정한 그는 지붕에서 뛰어내려 산을 향해 달려갔다.

가말록의 탈출

6

지구인들은 가말록을 죽이지 않았다. 그들은 가말록이 저지른 살인이 어쩔 수 없는 사고에 불과하며 그에게 어떤 책임도 없다고 결론지었다. 그들은 가말록을 다시 컨테이너에 가두고 다른 동료들과 함께 스텔라 마리스-2로 돌려보냈다. 스텔라 마리스-2의 팬들은 그런 그를 개선용사라도 되는 것처럼 요란하게 환호하며 맞아들였다.

그러나 그의 가녹 선수 경력은 그것으로 끝이었다. 지구에서 달을 본 뒤로 그는 더 이상 공에 관심을 보이지 않았다. 그는 낮에는 무기력하게 늘어져 있다가 밤만 되면 기숙사 창문을 긁으며 신음했다. 포기한 사람들은 그를 팀에서 쫓아내고 은퇴한 스타 선수들이 사는 농장으로 보냈다. 농장에서도 그는 밤만 되면 우리에서 빠져나와 텅 빈 밤하늘을 바라보며 새벽이 될 때까지 울부짖었다.

그러나 아무리 기다려도 달은 떠오르지 않았다.

176

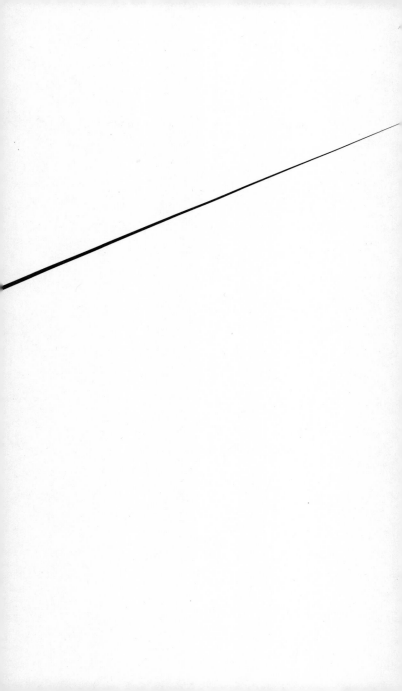

죽은 자들에게 고하라

1

오늘 딸을 돌려보냈다. 해초로 만든 옷을 입고 보트 위에 누워 있는 아이는 그 어느 때보다 예뻐 보였다. 해초밭에 도착하자 우리는 항아리에 담아온 물고기의 진액을 아이의 몸에 뿌리고 서서히 물속으로 밀어 넣었다. 스물을 세기도 전에 진액 냄새를 맡고 온 작은 물고기들이 아이의 옷과 살을 물어뜯었다. 마을 사람들은 고개를 돌렸지만 나는 그러지 않았다. 나는 아이의 얼굴이 물고기 떼 속으로 사라질 때까지 시선을 떼지 않았다. 아버지로서 나는 딸의 끝을 봐야 했다.

집에 돌아와 내가 목탄으로 그린 아이의 초상화를

죽은 자들에게 고하라

꺼냈다. 아내는 말렸지만 나는 해야 할 일을 했다. 화로 속에서 그림이 불타는 동안 아내는 울면서 내 등을 후려쳤다. 나는 아내를 애써 무시하며 불타고 남은 재를 그러모았다. 나는 밖으로 나가 재를 바람에 날렸다. 마지막 한 줌의 재가 허공 속으로 사라질 때까지 아내는 집에서 나오지 않았다.

나는 아내의 상실감을 이해한다. 누군들 자기 아이의 장례식을 치르고 싶겠는가. 누군들 그 참혹한 사실을 부정하고 싶지 않겠는가. 누군들 초상화와 이름을 붙들고 그 아이가 아직 죽지 않았다는 환상을 만들고 유지하고 싶지 않겠는가. 하지만 죽은 자들과 산 자들의 세계는 같지 않다. 죽은 자들을 받아들이면 우린 그 대가로 우리의 삶을 바쳐야 한다.

나에게 더 이상 딸은 없다. 아이는 일곱 해를 간신히 채우고 다시 그 애가 태어났던 바다로 돌아갔다. 얼마 전까지 그 아이를 이루던 살과 뼈는 이제 물고기 속에, 해초 속에, 바다 속에 있다. 죽음은 순간이고 남는 건 생명뿐이다.

2

프랭크 마이와 제레미 솔락은 지난 99일 동안 궤도 위의 우주선 안에 갇혀 있었다. 그들은 그동안 데이터베이스에 저장된 거의 모든 가상 파트너와 섹스를 했고 일주일에 한 번 정도는 서로와도 했다. 그래도 시간이 남으면 그들은 마놀라어를 연구했다. 1200년 전에 영어에서 파생되어 서서히 어휘와 문자를 잃고 흐트러진 야만인들의 소박한 언어였다.

100일째가 되자 마이는 고함을 질렀다.

"더는 못 참겠어. 셔틀 타고 내려가자."

오락실 소파에 앉아 톨스토이를 읽고 있던 솔락은 말없이 파트너 머리 위의 원형 캘린더를 가리켰다. 캘린더는 반으로 자른 케이크처럼 절반만 파랬다.

"앞으로 100일을 어떻게 더 기다릴 건데?"

"그게 협회의 규칙이야."

"그 규칙이야 밑에 있는 놈들이 최소한 라디오를 만들 수 있을 정도의 문명 생활을 하고 있을 때나 먹히는 거지. 너도 아래를 좀 보란 말이야. 밑에 있는 놈들은 할 줄 아는 게 물고기 잡아 구워 먹는 것밖에

죽은 자들에게 고하라

없는 촌뜨기들이라고. 문자도 없고 정부도 없어. 여기서 스피커로 중얼거리는 말을 엿듣는 것만으로는 더 이상 마놀라어를 배울 수도 없어. 언어를 제대로 배우려면 직접 내려가서 원주민들과 부딪혀야지. 그것도 우리 일 아닌가?"

"우리 일은 행성의 공식적인 주인인 원주민들에게 관광지 개발 허가를 받는 거지. 절차를 따르지 않으면 책임이 다 우리에게 넘어와. 네가 그걸 감당할 수 있을 것 같아?"

솔락은 페이지를 넘기며 대답했다.

마이는 신음소리를 냈다. 솔락의 말이 맞았다. 행성 개발에서 가장 중요한 건 절차이고 그다음이 막노동이다. 조금이라도 트집을 잡히면 일을 망치고 만다. 만약 절차에서 조금이라도 흠집이 발견되면 마놀라-4는 다른 회사의 손아귀로 넘어갈 수 있다. 마놀라 시스템은 엘리시움 워프 포인트에서 상업 개발이 가능한 거리에 있는 유일한 태양계다. 마놀라-4를 다른 교역단에 빼앗기면 마놀라-3을 테라포밍하는 것 이외엔 방법이 없다. 회사는 테라포밍이 끝날 때까지 2세기를 기다려주지는 못할 것이다.

그러나 우주선 안에 짱 박혀 100일을 더 기다리는 건 그보다 더 못할 짓이다.

"하지만 우리가 100일 일찍 내려간 걸 교역협회에서 어떻게 알아? 그쪽에서 믿을 건 우리 말밖에 없어. 우리가 거짓말을 해도 그쪽은 모른다고. 게다가 200일 규칙은 보호용이잖아. 다 우리가 다치지 말라고 만든 거야. 그런데 밑의 녀석들이 우리에게 무슨 해를 끼치겠어? 생선 가시로 찌르기라도 할 거야?"

"생선 나름이지."

"그래서? 할 거야, 말 거야?"

솔락은 책을 끄고 잠시 생각했다. 마이의 생각에도 일리는 있었다. 마놀라인들의 세계는 한없이 단순했다. 몇 달 하늘에 더 머문다고 해서 그들에 대해 더 배울 것이 있을 것 같지도 않았다. 더 배울 게 없다면 위에서 게으름을 피우는 대신 직접 내려가 접촉하는 것이 생산적일 수도 있다. 그 역시 우주선에 갇혀 있는 것이 슬슬 갑갑해지기 시작한 터였다.

마놀라인들을 100일 일찍 만난다는 것. 솔락은 괜찮다고 생각했다. 하늘에서 보기에 그들은 단순하고 아름다웠다. 치찰음을 잃은 그들의 언어는 부드럽고

죽은 자들에게 고하라

친근했다. 그는 속으로 지금까지 배워온 마놀라어의 문장들을 하나씩 시험해보았다. 엘리, 루아르 아린 아무르 알라이 아이.

"글쎄… 데이터를 다시 한번 살펴보고, 더 이상 여기서 배울 게 없는 것이 확실하다면 내려가보기로 하지."

솔락이 말했다.

3

그들은 하늘에서 왔다. 유령들이 가득 찬 죽은 공간. 그들이 탄 배는 둥글고 희고 매끄러웠다. 나는 태어나서 지금까지 그것보다 더 완벽하게 죽은 물체를 본 적이 없다. 발에 차이는 돌멩이나 말라붙은 진흙덩어리도 그것보다 살아있었다. 자연의 불규칙을 허용하지 않는, 오로지 숫자의 규칙으로만 만들어진 물체. 그럼에도 그것은 마치 살아있는 새나 물고기처럼 빈 공간을 날아 마을 앞 해변에 내려앉았다. 우리들이 보는 앞에서 그것은 둥그런 입을 벌려 두 남자를 토해냈다. 한 명은 생선 속살처럼 분홍색이었고 다른 한 명은 진흙처럼 갈색이었다. 그들 중 어느 누구도 우리를 닮지 않았다.

먼저 입을 연 건 갈색이었다. 그는 말했다. "안녕하세요. 우린 다른 별에서 온 사촌들입니다." 그의 목소리는 동굴 속의 메아리처럼 낮았고 혀는 굳어 있었다. 아이들은 킥킥 웃었다. 남자는 수줍게 웃었고 옆에 서 있는 분홍 동료에게 자기네 말로 뭐라고 말을 했다.

촌장인 나는 손님들을 맞이하기 위해 달려 나갔다. 나는 마을을 대표해 그들에게 인사했고 그들의 이름을 배웠다. 갈색은 솔락, 분홍은 마이라고 했다. 내가 그들의 이름을 완벽하게 발음했을 리는 없지만 그들은 웃지 않았다.

나는 그들을 우리 집으로 안내했다. 그들은 우리가 우주에 대해 얼마나 알고 있는지 궁금해했다. 나는 내가 아는 태양계와 은하계의 규칙에 대해 이야기했고 우리가 마법이나 미신을 믿는 야만인이 아니라는 사실을 분명히 했다. 그들은 내 대답에 놀라고 만족스러워했다.

그들은 자기들이 아주 중요한 일로 왔다고 말했다.

죽은 자들에게 고하라

우리가 그들과 어떤 약속을 한다면 우리에겐 엄청난 이익이 생길 것이다. 그리고 그런 약속을 해도 우리가 누리는 삶의 방식은 전혀 영향을 받지 않을 것이다. 그들이 원하는 것은 우리가 갈 수 없는 행성 반대편의 땅과 바다이기 때문이다. 나는 그곳이 더럽혀진 곳이라고 경고했지만 그들은 괜찮다고 했다. 천 년의 세월이 흐르는 동안 그곳의 재는 비에 씻겨 사라졌고 지금 그곳은 우리의 마을과 마찬가지로 안전하다고 했다. 나는 그들의 지식을 믿는다. 어느 것도 영원히 죽어 있지는 않다. 천 년이라면 새로운 생명이 죽은 땅을 지배하기 충분한 시간이다. 내가 믿지 못하는 건 그들의 약속이다. 그들은 정말 모르는 걸까? 숫자들이 얼마나 죽어 있는지, 이익에 숫자들이 관여하면 생명이 얼마나 파괴되는지?

4

"이거 불안한데. 너무 손쉽잖아."
마이가 투덜댔다.

"도대체 뭐가?"

솔락이 대꾸했다.

"그냥 조상들이 잘 가르친 것이던데, 뭐. 우주선을 만들 지식은 물려주지 않았지만 그렇다고 미신과 무지 속에서 허우적거리게 방치하지도 않았어. 세상에 대한 정확한 지식을 꼭 필요한 만큼 알려줬더라. 그리고 문자도 없는 게 아니던데? 네가 잠시 나가고 없을 때 촌장이 이야기해줬어. 모래 위에 자기 이름도 쓰더라고. 알파벳 몇 개가 날아가긴 했어도 모양과 쓰임새는 그대로 남아 있었어. 일이 편해진 거지. 괜히 신처럼 행세할 필요도 없어. 사람들을 설득한 다음 대표자의 서명을 받고 떠나자고."

"그래도 뭔가 이상해. 분위기가 나쁘다고."

"천 년 동안 우리랑 격리되어 있던 세계는 당연히 이상해. 안 이상하면 그게 이상하지."

"그래도 이상하지 않아? 어떻게 우주와 물리학에 대해 저렇게 정확하게 알고 있는 사람들이 기술 문명을 재건하지 않았던 거지?"

"천 년 전에 핵전쟁으로 거의 몰살당할 뻔한 사람들의 후예잖아. 방사능과 낙진을 피해 행성 반대편으

189

죽은 자들에게 고하라

로 달아나 간신히 살아남은 거지. 그런 사람들이 기계문명에 거부감을 느끼는 게 그렇게 이상해? 게다가 여기에서 기계문명이 뭐가 그렇게 필요해? 날씨 좋겠다. 먹을 것 풍부하겠다. 이 정도면 지상 낙원이지."

"말 잘 나왔다. 너 같으면 지상 낙원에 사는 사람들을 어떻게 계약에 끌어들이겠어? 뭘 주고 서명을 받겠냐고?"

마이가 조사를 위해 다시 마을로 떠나자 솔락은 잠시 깊은 생각에 잠겼다. 파트너의 말이 맞았다. 회사가 마놀라인들에게 줄 수 있는 것은 없었다. 기껏해야 그들의 삶을 방해하지 않겠다는 약속뿐. 그것만으로는 부족했다. 뭔가 더 필요했다.

하지만 그건 마이의 일이었다. 솔락은 그 뒤 일주일 동안 자기 일을 하느라 바빴다. 그는 마이를 마을에 남겨둔 채 셔틀선을 타고 관광지로 계획된 행성 반대편으로 날아갔다. 그는 그곳의 지형을 조사하고 지도를 수정하고 옛 마놀라 기계문명의 흔적을 탐사했다. 전쟁으로 멸망한 도시의 폐허는 관광객들에게 인기였다. 도시 중 하나는 천 년이라는 세월을 고려하면 썩 잘 보존이 되어 있고 해변과도 가까워서 조금만 손보면 폐허 공원으로 쓸 만할 것 같았다. 관광객들은 오전에 핵전쟁의 비극에 대해 묵상하고 오후엔 해변으로 나가 선탠과 다이빙을 즐길 수 있을 것이다.

일주일 뒤, 솔락이 다시 마을로 돌아오자 마이는 심술궂은 미소를 지으며 그를 맞아주었다. 그동안 맛있는 걸 먹고 몸이 호강했는지 체중이 3, 4킬로그램 정도 불어 있었고 그 때문에 그의 동그란 얼굴은 더 악동 같아 보였다.

"기가 막힌 사실을 알아냈어."

마이가 말했다.

"뭐가 그렇게 기가 막힌데?"

"여긴 종교가 있어."

"아하, 무슨 신을 믿는데?"

"그런 게 아니야. 신 같은 걸 믿으면 오히려 쉽지. 초자연현상을 조작해 사기를 치면 되니까. 마놀라인들의 종교엔 신도 없어. 내세도 없고 사후 세계도 없지. 오로지 있는 건 생명과 현재뿐이야. 현실에 충실하라, 지금 그대로의 삶을 즐겨라."

"그게 종교야?"

"물론이지. 그것도 엄청 엄격한 종교야. 종교란 게 뭐야? 허구의 신성을 조작해 인간의 행동과 본능을 통제하는 거야. 여기엔 그런 종교가 있어. 이름도 없고 교회도 없지만 종교는 있단 말씀이지. 억지로 이름을 붙이면 생명교 정도 되겠지. 하지만 단 하나밖에 없는 종교에 이름을 붙여서 뭐해?

아까도 말했지만 이 종교의 핵심은 생명과 현재야. 이들은 살아있는 모든 것들을 예찬해. 호흡, 출산, 섹스, 식사, 배설 심지어 병과 고통과 죽음까지. 이 모든 것들을 현재진행형으로 받아들이고 감사하는 거지. 여기까지는 별문제가 없어. 좋은 거지, 살아있다는 건. 거기에 감사하는 것도 좋은 거고. 그렇게 즐겁지 않은 삶의 다른 요소들을 그 자체로 받아들이는 것도 긍정적이지. 종교가 아니라면 나도 이런 태도를 다른 세계에 소개하고 싶어.

하지만 이건 종교야. 일종의 반종교적 종교지. 이들은 생명과 현재, 현실을 넘어서는 모든 것들을 배격해. 그냥 그런 것은 없다고 말하는 게 아니라 그와 관련된 모든 행동을 금지한단 말이거든. 죽음은 괜찮아. 그건 삶의 일부니까. 하지만 죽음을 넘어서는 어떤 것도 허용되어서는 안 돼.

간단한 예를 들어볼까? 누가 죽는다고 치자. 그럼 이 사람들은 죽은 사람의 이름을 나뭇조각에 써서 죽은 사람이 가지고 있던 물건들과 함께 태워버려. 그럼 나뭇조각이 타는 것과 함께 이름도 사라지고 더 이상 사람들은 그 이름을 부르지 않아. 살아있는 누군가의 어머니나 아버지로 불릴 수는 있지만 이름은 안 돼. 그건 살아있는 사람에게만 허용되는 것이니까.

마찬가지로 이 사람들은 죽은 사람들이 만든 노래나 이야기도 기억하지 않아. 노래나 이야기를 문자로 기록하는 것은 엄격하게 금지되어 있지. 죽은 사람의 목소리를 사후까지 남기는 것은 범죄란 말이거든. 예술은 호흡과 출산처럼 살아있는 사람들에게만 허용되는 것이란 말이야. 그 때문에 이곳에서 노래나 이야기는 언제나 현재형이고 고정되어 있지 않아. 사람들의 입과 귀를 통해 끊임없이 흐르고 변화하는 노래만이 존재를 인정받을 수 있어. 고정되어 있는 노래는 유령이지. 죽어야 하는 데도 죽지 않고 허공을 떠돌며 산 사람에게 기생하는 비정상적인 존재 말이야. 이 행성에서 유령은 이처럼 현실적이지."

⊘
죽은 자들에게 고하라

"흥미롭군. 하지만 토착 문화를 우리가 멋대로 바꿀 수는 없잖아."

마이는 기가 차는 모양이었다.

"모르겠어? 이 문화를 바꾸지 않으면 우리 임무는 성사될 수 없어. 이들은 죽은 자들의 기억을 인정하지 않아. 어떤 서류도 남겨두지 않고 이름도 기억하지 않는단 말이야. 그렇다면 어떻게 이들과 영구 계약을 맺을 수 있겠어?"

5

분홍이 끔찍한 소리를 했다. 서쪽 해변에서 그가 지는 태양을 바라보며 감상에 젖어 자기 말로 뭐라고 말하는 걸 들었다. 내가 뜻을 궁금해하자 그는 그 말을 번역해 들려주었다. 그것은 기쁨도 사랑도 광명도 없는 컴컴한 광야와도 같은 세상에 대한 읊조림이었다. 그의 모국어 안에서 말들은 노래처럼 울렸지만 정작 곡조는 없었다. 그는 그것이 1500년 전에 죽은 한 섬 사람의 노래라고 했다. 그는 그 사람의 이름까지 기

억하고 있었지만 나는 그걸 발설하지 않으련다. 나는
온몸에 소름이 돋는 걸 막을 수 없었다. 그것은 유령
의 노래였다. 오래전에 죽어 곡조를 잃었음에도 자신
의 죽음을 거부하고 살아있는 사람의 정신에 달라붙
어 1500년의 부자연스러운 삶을 살아온 괴물과도 같
은 존재였다.

　내가 거부감을 표시하기도 전에, 그는 우쭐거리며
그들이 살고 있는 세상에 대해 이야기했다. 죽은 자들
의 목소리가 수천 년 동안 살아 산 사람들을 지배하는
세계, 죽은 자들의 목소리는 세월이 흐르는 동안 조금
씩 겹쳐져 산 사람이 홀로 도달할 수 없는 마법을 만
들어낸다. 자연에서 떨어져 살아있는 척하는 그 죽은
지식들을 이용해 그들은 하늘을 나는 배를 만들고 그
배를 타고 다니며 전쟁을 하고 행성들을 약탈한다. 어
떻게 그들은 이것이 끔찍하다는 걸 모르는가!

　그의 이야기가 끝나자, 나는 우리의 관점에서 그들
의 세계가 어떻게 보이는지 이야기해주었다. 그는 흥
미롭다는 얼굴이었지만 설득당한 것 같지는 않았다.
이해할 수 있다. 죽은 자들은 그에게 너무나도 많은
걸 주었다. 그 모든 걸 단번에 포기하기는 어려우리

라. 하지만 나는 여전히 그들을 설득할 수 있다고 믿는다. 세상 모든 마법보다 중요한 것은 생명이다. 삶이다.

6

마이와 솔락은 쉽게 포기하는 사람들이 아니었다. 워프네트워크 재건 전문가들은 회사가 까라고 하면 군말 없이 깐다. 애사심이나 복종심이 남들보다 투철해서가 아니라 그들의 직업적 자존심이 걸려 있기 때문이다.

마이와 솔락이 그들의 사악한 계획을 실행에 옮기기 위해 맨 처음에 한 일은 마놀라-4의 인구분포도를 만드는 것이었다. 마놀라인들은 제3대륙의 서쪽 해안에 있는 다도해에 몰려 있었다. 비슷비슷한 마을들이 세워진 섬의 수는 이백 개가 조금 더 되었다. 가장 오래된 곳은 그들이 착륙한 섬으로 다도해 서쪽 끝에 있었다. 이들의 조상은 핵전쟁이 일어난 제1대륙에서 가장 멀리 떨어진 이 섬으로 날아와 모든 기계들을 파괴한 뒤 좀 더 자연에 가까운 생존 방식을 찾았던 것이다.

지난 천 년 동안 마놀라인들은 조금씩 동쪽으로 그들의 영역을 넓혀왔다. 개척을 본격적으로 진행한 건 400년 전부터였다. 다도해를 정복하는 데 300년의 세월이 소요되었다. 아이를 많이 낳지 않고 선천적 심장병 때문에 수명이 마흔을 넘기지 못하며 대를 이어야 한다는 목표 의식도 없는 사람들이 이룩한 업적치고는 상당했다.

섬과 섬 사이를 날아다니며 사람들을 만나던 마이와 솔락은 그들의 임무가 보기만큼 어렵지 않다는 사실을 알아차렸다. 촌장이 절대 진리라고 믿고 있는 종교에 대한 사람들의 믿음은 동쪽으로 갈수록 흐릿해졌다. 서쪽 섬에서는 죽은 사람의 이름을 부르는 걸 엄격하게 금지하고 있었지만, 동쪽 섬에 사는 사람들은 이름을 말하기 전에 헛기침을 하거나 '이런!'과 같은 감탄사를 외치면 그 금지가 대충 풀린다고 생각했다.

문자 기록을 남겨두지 않는 건 마찬가지였지만 그래도 동쪽 사람들은 서쪽 사람들에 비해 과거의 역사에 대해서도 조금 더 자세히 알고 있었다. 그들의 기억에 따르면 마놀라의 종교는 500년 전까지만 해도 없었다. 사람들이 서서히 동쪽으로 옮겨가며 이전의 생활 방식에 금이 가기 시작하자, 이전에는 그냥 당연시했던 생활 방식을 법규로 정하고 종교화했던 것이다.

마이와 솔락은 일단 동쪽 섬들부터 공략하기로 결정했다.

그들이 맨 처음에 한 일은 마놀라인의 수명을 늘리는 것이었다. 유전자 검사를 해보니 그들의 심장병은 알약 두 개로 충분히 치료할 수 있는 것이었다. 그들이 죽음을 앞둔 동쪽 섬 촌장의 병을 치료하자, 사람들은 일제히 환호했다. 어차피 마놀라인들은 내세를 믿지 않았고 삶은 편했으니 20여 년의 여분 수명은 선물과도 같았다. 수많은 사람들이 우주선 앞에 줄을 서서(줄 서는 습관 역시 이들이 마놀라인들에게 전파한 것이었다) 심장병 약을 타갔다.

기대 수명이 20년 이상 연장되자 순식간에 인구 증가 효과가 나타났다. 다도해는 오래전에 마놀라인들에게 정복당한 뒤라, 그들에겐 신천지가 필요했다.

상식적으로 생각하면 이 문제의 정답은 제3대륙이었다. 문제는 가장 가까운 해안은 오래전부터 사막화가 진행되어 있었고 기후 조건이 좋은 삼각주 지역은 다도해에서 천 킬로미터 이상 떨어져 있다는 것이었다. 그들이 타고 다니는 나뭇잎 뗏목 정도로는 이 문제를 해결할 수 없었다. 일단 거기까지 사람들을 옮긴다고 해도 일이 해결되는 건 아니었다. 그들은 농사도 지을 줄 몰랐고 삼각주에 서식하는 다른 생물들에 대해서도 전혀 몰랐다.

그들은 일단 항해술과 배 건조법부터 가르치기로 결정했다. 다도해에는 큰 배를 만들 수 있을 만큼 단단한 나무는 없었지만 갈대와 비슷하게 생기고 빨리 자라는 해초는 있었다. 그 해초를 잘라 엮으면 고대 이집트 사람들이 타고 다녔던 갈대배와 비슷한 것을 만들 수 있었다. 몇 번의 시행착오 끝에 견본이 나오자 이를 모델로 한 수십 척의 배가 완성되었다.

사람들을 이주시키는 데 성공하자 마이와 솔락은 이들에게 농사를 가르쳤다. 삼각주에는 이미 야생종으로 퇴화된 밀과 쌀이 자라고 있었다. 그들은 이 두 종의 씨앗을 유전자 조작해서 삼각주에 뿌렸다. 가르치고 배울 것들이 많았지만 마놀라인들을 설득하는 것은 어렵지 않았다. 그들은 밀과 쌀로 만들어진 새로운 음식들과 사랑에 빠졌고 무언가를 배우고 개척하는 것이 얼마나 굉장한 것인지 처음으로 알게 되었던 것이다. 죽은 조상들의 기억을 남기지 못하면 이 모든 것들은 불가능하다고 마이와 솔락이 말하기도 전에, 이들의 신앙심은 순식간에 희미해졌다. 마이와 솔락이 지금 당장 떠나도 이들이 불을 댕긴 농업 문명의 폭주는 멈추지 않을 판이었다.

그들은 일부러 다른 섬에는 신경을 끄고 있었지만, 이들이 시작한 변화의 바람은 다도해 전체를 휩쓸었다. 순식간에 수많은 노래와 이야기들이 이들의 세계에 휩쓸려 들어왔다. 낚시하러 나가는 어린 소녀가 엘비스 프레슬리를 흉내 내며 〈하운드도그〉를 부르거나 두 남자아이들이 피터 파커와 엔더 위긴 중 누가 진짜 짱인지를 놓고 싸우는 것도 이제 이상해 보이지 않았다. 나이 든 음유시인들은 창작의 순수성이 떨어진 것에 불평하고 싶었지만, 그런 불평이 먹히기엔 그들의 흥미를 끄는 노래들이 너무 많았다. 군데군데에서 야심 찬 예술적 통합이 일어났다. 그중 가장 근사한 것은 몇몇 모차르트 오페라 아리아들에서 선율을 따와 마놀라식으로 개작한 〈오디세이〉 이야기를 얹은 판소리 비슷한 노래로, 처음부터 끝까지 부르면 다섯 시간이 넘는 대작이었다. 마이와 솔락은 이 공연을 모두 녹음했고 사람들이 요청하면 틀어주었다. 이 노래를 만든 음유시인은 4주 뒤에 바다에서 익사했기 때문에 그들이 이 자료를 보관한 것을 모두가 고마워했다.

도서관과 인쇄소가 생겨났다. 사람들은 이제 다른 세계의 이야기들을 읽는 것만으로 부족해 직접 자신들의 이야기를 담고 싶어 했다. 마이와 솔락은 분류를 위해 이야기 끝에 그들의 이름을 적으라고 요구했고 그들은 그 규칙에 복종했다. 이제 그들의 이름과 목소리는 죽은 뒤에도 도서관과 함께 영생하게 되었다. 영생에 대한 희망이 생기자 마놀라인들의 야심도 점점 더 부풀어갔다. 그들은 이야기 속에 영원히 남을 멋진 주인공이 되기 위해 해초배를 타고 사방으로 흩어졌다. 비교적 멀쩡한 상태로 돌아온 일부는 진정한 선원들의 전통에 따라 야만 종족과 바다 괴물들이 부글거리는 허풍 섞인 이야기를 들려주었다. 사람들

죽은 자들에게 고하라

은 그 이야기의 반의반도 믿지 않았지만 어쨌건 그들의 이야기를 받아 적었다. 중요한 건 진실이 아니라 이야기의 재미였다. 어차피 진실은 조금만 지나면 밝혀지기 마련이었다. 마놀라인들의 세계 진출 속도는 그만큼이나 빨랐다.

마이와 솔락은 슬슬 다음 단계의 작업을 시작했다. 그들은 동쪽 섬들의 촌장들을 모아놓고 지금의 시스템으로는 점점 넓어지는 대륙의 신천지를 제대로 관리할 수 없으니 좀 더 조직적인 정부가 필요하다고 설득했다. 이들이 제시한 문제점은 촌장들 자신도 인식하고 있는 것이었고, 어차피 다도해에서는 원시적으로나마 직접민주주의의 기반이 다져져 있었기 때문에 이를 더 복잡한 현대 민주주의 시스템으로 옮기는 것은 별다른 거부감 없이 행할 수 있는 작업이었다. 다도해가 하나의 제국으로 통합되고 최고 통치자가 나오거나 그와 맞먹는 단일 정부 조직이 완성된다면 마이와 솔락의 일은 일차적으로 끝나는 것이었다. 남은 건 자발적으로 역사에 영원히 자신의 이름을 남길 의지가 있는 마놀라-4의 적법한 대표가 회사와 계약을 맺는 것이었다.

동쪽 섬에서 끔찍한 소문들이 들려온다. 하늘에서 내려온 자들은 이제 죽은 자들을 살리고 동쪽 저편에 있다는 낙원으로 사람들을 인도한다고 한다. 그들이 인공적으로 강가에서 키운 새로운 식물의 씨앗으로 만든 음식들이 우리 섬에도 들어오고 있다. 어리석은 자들은 새로운 시대가 열렸다고 좋아한다. 하지만 그들은 일단 마법에 빠진 사람들에게 얼마나 큰 재앙이 닥칠지 모른다. 이미 어머니 세계 지구에서는 그와 같은 일들이 일어났다. 전쟁과 약탈, 질병과 재난, 불평등과 부정의, 그리고 그 신이라고 불리는 가상의 혐오스러운 존재.

마을 사람들도 동요하고 있다. 나는 그들을 설득하려 하지만 쉽지가 않다. 나는 과거 지구와 행성 저편에서 일어났던 일들을 예로 들며 그들의 마음을 진정시키려 한다. 하지만 내 말은 통하지 않는다. 이해가 된다. 내가 들려줄 수 있는 것은 죽은 사람들의 이름이 제거된 막연한 이야기뿐이다. 하늘에서 내려온 자들은 자유롭게 그 이름을 부르고 심지어 죽은 사람들

의 모습을 담은 움직이는 그림까지 동원해 우리의 주
장에 맞선다. 내가 이성적으로 그들의 주장을 반박해
도, 이름과 그림의 번뜩이는 재주에 속아 넘어간 마을
사람들은 받아들이지 않는다. 유령들을 등에 업고 있
는 저들에 비하면 나의 무기는 너무나도 빈약하다.

8

마이와 솔락은 자기네 계획에 마놀라인들의 동지
축제를 이용하기로 결정했다. 마놀라인들은 동지절
전후 엿새 동안 다도해의 한 섬에 모여 대축제를 벌
인다. 그때는 이백네 명의 촌장들도 모두 참석한다.
동쪽 사람들 이야기를 들어보면 지난 반세기 동안 두
번 이상 촌장들이 모여 다도해 전체와 관련된 일을
상의한 적 있었다고 한다. 대부분 폭풍이나 지진과
같은 대규모 재난이 있었을 때였고 의제는 만장일치
로 통과되었다. 정작 그 의제가 무엇이었는지 정확히
기억하는 사람은 아무도 없었지만 그 결과에 만족하
지 않은 사람들도 별로 없었던 모양이다. 지금 마이

와 솔락이 내놓은 의제는 자연재해처럼 급히 처리해야 할 문제가 아니었으니 연례행사에 업혀 가는 것이 안전했다.

언제나 모든 일에 조금씩 비관적인 솔락과는 달리 마이는 결과에 자신이 있었다. 이번 모임을 위해 그는 이미 백오십 명이 넘는 촌장들을 만났다. 그들은 모두 회사의 제안에 긍정적이었고 앞으로 일어날 변화에 큰 기대를 품고 있었다. 어차피 그들이 반대한다고 해서 다가올 변화가 갑자기 중단되는 것은 아니다. 모두가 그 사실을 알고 있었다.

축제 전날 밤이었다. 솔락은 동지 불꽃놀이를 준비하느라 바빴고 마이 혼자 해초배 갑판에 누워 오래간만에 생긴 빈 시간을 즐기고 있었다. 하늘은 별들로 꽉 차 있었다. 마이는 몇 세기 뒤 이곳에 세워질 도시들의 인공조명으로 저 별들이 희미해질 날을 상상했다. 실실 웃음이 나왔다.

탕탕하는 소리가 들렸다. 누군가 지팡이로 선체를 친 것이다. 그는 눈을 뜨고 일어나 밑을 내려다보았다. 작고 살찐 남자의 희미한 모습이 보였다. 누군지 알 것 같았다. 서쪽 섬의 촌장이었다.

죽은 자들에게 고하라

마이는 사다리를 타고 내려와 그에게 손을 내밀었다. 촌장은 성의 없이 그의 손을 잡고 흔들었다. 마이는 우쭐했다. 악수는 그들이 내려와 전파한 새로운 인사법이었는데, 그가 아는 가장 보수적인 마놀라인이 그 유행을 받아들인 것이다.

먼저 입을 연 건 촌장이었다.

"마을 아이들이 나에게 거미괴물이 된 남자 이야기를 합디다. 몸에 착 달라붙는 파랗고 빨간 옷을 입고 손목에서 거미줄을 뽑아 나무처럼 높이 솟은 탑들 사이를 날아다닌다고요."

"네, 그런 이야기들도 있지요."

마이가 대답했다.

"그게 모두 거짓말이라는 건 당신도 알지 않습니까? 왜 그런 이야기를 들려줍니까?"

"아이들이 좋아하니까요. 그 아이들도 그게 사실이 아니라는 건 압니다. 원래 그런 게 이야기지요. 사실만 들려준다면 얼마나 재미가 없겠습니까."

"우린 지금까지 그렇게 했습니다."

"그래서 마놀라의 이야기들이 재미가 없었죠. 당신들의 노래는 정말 좋습니다. 하지만 이야기들은 시시해요. 게다가 그 시시한 이야기들도 제대로 기억 못 하지 않습니까?"

촌장은 움찔했다. 마이는 잠시 어리둥절했다. 그냥 할 말이 막힌 것치고는 충격이 조금 커보였다. 그러나 그것도 잠깐, 촌장은 다시 입을 열었다.

"거짓을 이야기하면 언젠가 거짓을 믿게 됩니다."

"자꾸 신 이야기를 하시는군요. 요새 그런 것 믿는 사람들 없습니다. 그건 사춘기나 여드름처럼 몇 년 겪은 뒤 잊어버리는 중간 단계에 불과하다고요."

"당신네 도서관엔 신 이야기를 하는 책이 없단 말인가요?"

"있지요. 하지만 거미인간 이야기를 하는 책도 있고 동짓날마다 전 우주를 날아다니며 아이들에게 선물을 나누어주는 빨간 옷 입은 뚱뚱한 남자 이야기도 있지요. 이야기가 있다고 해서 그걸 다 믿는 건 아닙니다. 오히려 역사책이 있으니 잘못된 방향으로 가지 않을 수 있어요. 우리가 이렇게 시작한다고 해서 당신들이 지구의 역사를 다시 겪는 건 아니란 말입니다. 그럴 필요가 없어요. 지식이 있고 우리가 위에서 도와줄 테니까요!"

⊖

죽은 자들에게 고하라

"죽은 사람들의 도움을 말입니까?"

"네, 죽은 사람들의 도움 말입니다. 왜 그들을 그렇게 두려워합니까? 말과 생각은 죽은 뒤에도 당연히 살아남는 겁니다. 우리가 말을 하고 글을 남기는 한, 그것들은 우리의 손과 뇌를 타고 흐릅니다. 그걸 막는 것 자체가 비정상이에요! 네, 그것들이 모이고 막히고 얽혀서 가끔 끔찍한 일을 내기도 합니다. 하지만 그런 것도 여드름이나 죽음처럼 세상의 일부예요. 당신네들은 죽은 자들에게는 아무런 도움도 받지 않은 척하고 있지만 사실 그런 것도 아니지 않습니까? 당신들은 그물과 나뭇잎 뗏목 만드는 법을 어디서 배웠습니까? 실을 잣고 천을 만드는 방법은 어디서 배웠냐고요. 죽은 사람들의 지식을 금지하고 자연의 순리대로 살라는 말은 또 어디서 배웠지요? 모두 죽은 사람들로부터 나온 게 아닙니까?"

"이단입니다!"

"네, 그렇겠지요. 죽은 사람들의 말에 따르면. 아하, 아까 당신이 왜 그렇게 움찔했는지 이제 알 것 같군요. 지금까지 다도해를 돌아다니면서 당신만큼 적극적으로 이 종교를 수호하는 사람은 단 한 명도 본

적이 없어요. 왠지 압니까? 저 사람들은 조상들의 말
씀에 당신처럼 얽혀 있지 않거든요. 이 행성에서 죽
은 사람들에게 가장 심각하게 조종당하는 사람은 바
로 당신입니다. 아마 당신은 집 어딘가에 죽은 사람
들의 이름이 잔뜩 쓰인 책도 숨겨놓고 있겠지요! 당
신만큼 뻔뻔한 위선자는 본 적이 없어요!"

촌장은 대답하지 않았다. 그는 의기양양해진 마이
의 빨간 얼굴을 한참 노려보더니 말없이 왔던 길로
돌아왔다. 마이는 촌장의 뒷모습에 대고 그가 알아듣
지 못할 욕설을 퍼부었다.

마이가 자신이 얼마나 큰 실수를 저질렀는지 알아
차린 건 그날 밤이 지나서였다. 마이는 섬과 섬 사이
를 뛰어다니며 어떻게든 그가 저지른 일을 막으려 했
지만 엎질러진 물을 다시 담을 수는 없었다. 서쪽 섬
의 촌장은 만장일치의 규칙을 내세우며 반대표를 던
졌고 촌장 모임은 그의 권리를 인정했다. 투표 결과
는 찬성 203표, 반대 1표였다. 서쪽 섬 촌장이 승리한
것이다.

결과가 발표되자 마이는 이를 갈며 셔틀선 벽에 발
길질을 해댔다. 그는 10분 동안 스무 개가 넘는 마늘

죽은 자들에게 고하라

라어 욕을 발명했고 그 모든 어휘들을 서쪽 섬 촌장을 공격하는 문장에 써먹었다.

"너무 흥분하지 마."

솔락이 말했다.

"촌장이 반대했다고 세상이 끝난 게 아니라고. 내년 동지를 노리면 돼. 계약을 원하는 건 우리만은 아니니까 분명 정치적 압력이 가해질걸. 조금만 조작하면 촌장을 합법적으로 밀어내고 우리에게 호의적인 다른 사람을 앉힐 수 있어. 그게 안 된다면 또 어때? 저 친구는 이 행성 나이로 벌써 서른여덟이야. 우리가 만든 약도 안 먹을 테니 곧 심장병으로 죽는다고. 뭐가 걱정이야?"

하지만 솔락의 설득은 먹히지 않았다. 마이는 더이상 임무를 회사의 일로 보지 않았다. 이제부터 그것은 그와 촌장의 전쟁이었다. 그는 씩씩거리며 섬을 돌아다니면서 복수 계획을 짰다.

이틀 뒤 마이는 키득거리면서 학교 건물 공사를 관리하는 솔락을 찾아왔다. 마이는 주머니에서 동그란 야전용 기억장치를 꺼내 솔락에게 내밀었다.

"우리가 이곳 언어를 공부하려고 마을에 던져놓은

스파이 로봇들 기억하지? 그것들이 보낸 정보를 뒤져서 아주 재미있는 걸 찾아냈지, 한번 볼래?"

마이는 기억장치를 켰다. 저녁 햇빛에 물든 갈색의 희미한 입체 영상이 마이의 손바닥 위에 떠올랐다. 솔락은 얼굴을 찡그리며 뒤로 물러났다.

"제발 하지 마."

솔락이 말했다.

"왜 안 돼? 난 할 거야."

9

상황이 점점 나빠지고 있다. 얼마 전에는 다른 섬에서 학교를 다니다 잠시 놀러왔다는 여자아이들이 내 뒤를 미행하다 내가 책과 일기를 숨겨놓은 동굴을 찾아냈다. 그들은 내 책을 훔쳐 마을 사람들에게 보여주며 내가 겉과 속이 다른 위선자라고 말했다. 나는 우리 마을 촌장들이 다른 사람들을 보호하기 위해 스스로를 희생해서 과거의 지식을 보호하는 임무를 맡을 수밖에 없었다고 설명했지만 아이들은 믿지 않았다.

죽은 자들에게 고하라

그들은 빼앗은 책들을 도서관으로 보냈다.

다행히도 그들은 내 일기장만은 남겨두었다. 하지만 이제 일기를 쓰는 것은 더 이상 희생도 특권도 아니다. 모두들 공책을 만들어 자기 이야기를 쓰고 있다. 죽은 자들의 이름을 남기는 것도 더 이상 금기가 아니다. 다도해의 모든 금기는 점점 사라지고 있다. 이 세계의 생명은 죽은 말과 정보 들 사이에서 서서히 죽어가고 있다.

여전히 나는 촌장이다. 분홍과 갈색은 어떻게든 나를 밀어내려 하고 있지만 지난 10년 동안 다진 내 입지가 그렇게 쉽게 흔들리지는 않을 것이다. 많이 부족해 보일지는 몰라도 나에겐 여전히 나만의 무기가 있고 나는 죽는 날까지 그 무기를 포기하지 않을 것이다. 저들에게 항복하고 복종한다면 어떻게 내가 살아 있다고 할 수 있겠는가? 어떻게 내가 생명을 믿는다고 말할 수 있는가?

...

아내가 나에게 무언가 숨기고 있었다. 분홍과 싸우기 위한 계획을 짜느라 정신이 없었던 나는 어젯밤까지 그 사실을 알아차리지 못했다. 계획 때문에 아직 아이들에게 발각되지 않은 다른 동굴로 갔다가 집에 돌아왔는데, 아내가 무언가를 허겁지겁 등 뒤로 숨기는 게 아닌가. 나는 안절부절 못하는 아내의 손에서 그것을 빼앗았다.

그것은 바로 내가 직접 나무판에 그린 딸아이의 초상화였다. 나는 딸아이의 장례식 때 그것을 내 손으로 직접 불살랐다. 이것이 어떻게 지금 아내에게 돌아와 있는가. 말할 필요도 없이 분홍의 장난이었다. 그리고 허공중에 사라진 재를 다시 모아 이전의 초상화로 만들 수는 없었을 것이다. 하지만 그에겐 분명 다른 방법이 있었을 것이다.

나는 초상화를 다시 불사르려 했지만 그건 소용없는 일이었다. 나무판은 불타지 않았고 부서지지도 않았다. 나는 나무판을 집어던지고 아내의 방으로 들어갔다.

방 안은 딸의 유령들로 가득 차 있었다. 그렇다. '유령들'이다. 사방의 벽은 분홍의 기계로 복사한, 딸의 모습을 담은 그림들이 한 치의 빈틈도 없이 붙어 있었다. 방 안의 공기도 유령들로부터 자유롭지 못했다. 반투명한 딸의 유령은 나를 보고 웃으며 달려왔고 내

죽은 자들에게 고하라

이름을 불렀다. 그럼 허공중에서 갑자기 내 분신이 나타나 딸의 손을 잡고 그 아이의 머리칼에 입맞춤했다. 나는 다시 사라지고 딸은 보이지 않는 바다를 향해 달려갔다. 잠시 뒤 그 아이는 다시 방 한가운데로 돌아와 아까 했던 일들을 그대로 반복했다.

내 평생 이처럼 뻔뻔스럽게 자연의 법칙을 외면한 광경은 본 적이 없었다.

나는 어떻게든 분홍이 만든 유령들을 부수려 했지만 소용이 없었다. 벽에 붙은 종이는 투명한 막에 덮여 뜯어낼 수 없었다. 허공중의 유령은 어디에 뿌리를 박고 있는지 알 수 없었다. 내가 할 수 있는 유일한 일은 지팡이로 벽을 두들기는 것뿐이었다. 말없이 그런 나를 바라보고 있던 아내는 결국 나를 집에서 쫓아냈다. 나는 반항하지 않았다. 그녀에게는 그럴 권리가 있었다.

10

마이는 좋아 죽을 지경이었다. 그는 뚱한 표정으로

창 너머를 바라보며 그를 외면하는 파트너에게 자신의 모험담을 들려주었다.

"…그래서 한참 기존 자료를 돌려보다 결국 놈의 아킬레스건이 뭔지 알아냈단 말이야. 그건 바로 자기 딸이었던 거지. 녀석의 딸이 우리가 오기 한 일주일 전에 병으로 죽었다는 건 너도 알고 있었잖아. 그걸 이용하기로 했어. 녀석은 학자일 뿐 아니라 예술가야. 딸이 살아있을 때 딸을 그린 상당히 멋진 그림들이 있더군. 물론 경건한 신자답게 장례식 날 그것도 태워버렸지. 난 우연히 녀석의 아내가 그 일에 대해 투덜거리는 걸 들었고 그걸 지금까지 기억하고 있었어. 그의 아내는 딸이 아직까지 살아있었다면 남편의 충성스러운 협조자로 남아 있었을 거야. 하지만 그의 아내가 죽은 딸에 대한 추억을 말살하도록 강요받는 엄마라면 사정이 다르지. 이곳 마놀라에서도 그건 자연스럽지 않아. 기억하고 슬퍼하고 상처를 죽을 때까지 안고 가는 게 자연스럽고 정상인 거야. 촌장 녀석은 자연이니, 진실이니 떠들어대지만 이 간단한 사실도 외면하고 있지. 그러니까 녀석이 진 거야.

일단 방법이 떠오르자 할 일은 뻔해지더군. 녀석과

죽은 자들에게 고하라

딸의 모습을 담은 동영상을 찾아 딸아이의 얼굴을 익힌 뒤, 모든 관련 자료들을 뽑아냈어. 정지 사진과 영화 자료 들이 산처럼 쌓이더군. 심지어 녀석이 그린 초상화의 자료까지 찾아냈어. 녀석이 그림을 불태울 때 로봇이 마침 그 근방을 날아가고 있었거든.

녀석은 물론 그걸 보고 난리를 쳤어. 이단이기도 하지만 그런 짓을 저지른 내가 싫었겠지. 하지만 그것도 녀석의 실수였어. 아내를 바로 앞에 두고 딸과 아내를 모욕한 것이나 다름없었으니 말이야. 녀석은 너무 화가 나서 정작 자기 아내가 화가 나면 무슨 일을 할 수 있는지 깜빡했지. 이곳에서 촌장의 배우자들은 촌장과 같은 권리를 배정받아. 부부는 일심동체이니 말이야. 날이 밝자 이 여자는 당연한 일을 했어. 남편의 이름을 걸고 촌장 사퇴를 선언한 거지. 난 막섬에서 새 촌장을 뽑는 걸 보고 돌아오는 길이야. 잘 뽑았더군. 젊고 머리도 좋아. 공부할 수 있게 책을 몇 권 보내주어야겠어. 과학에 관심이 있대."

"꼭 그렇게 해야 했어?"

솔락이 물었다.

"물론 그렇게 해야 했어! 무엇보다 촌장을 위한 일

이었어. 그 정도 재능이 있고 똑똑한 친구가 죽을 때까지 그런 착각을 안고 살면 쓰나. 지금이라도 마음을 고쳐먹고 죽은 딸 초상화라도 몇 개 더 그리는 게 이 세계에 이바지하는 일이지."

솔락은 더는 말을 하지 않았다. 그는 파트너의 고집을 꺾는 것이 촌장의 신앙을 박살내는 것만큼이나 어렵다는 걸 알고 있었다. 이 난투극에서 그가 할 수 있는 일은 아무것도 없었다.

촌장이 물러나자 마이와 솔락의 계획은 다시 물살을 타기 시작했다. 한 달도 되지 않아 다시 촌장회의가 열렸고 의제는 만장일치로 통과되었다. 일주일에 걸친 토의 끝에 다도해와 대륙 식민지는 하나의 국가로 통합되었고 정부와 지도자가 선출되었다. 이제 남은 건 적당한 시기에 지도자를 만나 회사와의 계약을 성사시키는 것뿐이었다. 마이가 벌려놓은 일들을 뒤처리하는 것이 솔락의 일이었기에 그동안 그는 정신이 나가버릴 정도로 바빴다. 마이는 그동안 셔틀과 궤도 위의 우주선을 오가며 기계들을 손보고 있었다. 그들도 이제 슬슬 고향으로 돌아갈 때가 된 것이다.

드디어 마놀라-4의 대표단이 회사와의 계약에 서

죽은 자들에게 고하라

명하는 날이 왔다. 솔락은 혁명이 시작된 동쪽 끝의 섬에서 대축제를 벌이기로 결정했다. 다도해와 대륙의 식민지에서 수많은 사람들이 섬으로 몰려왔다. 식민지 사람들은 이미 섬사람들과 많이 달랐다. 더 거칠고 도전적이며 야심 찼다. 곧 마놀라인 문화의 중심은 그들 쪽으로 넘어갈 것이다.

축제는 대성공이었다. 솔락은 지금까지 은하계 이곳저곳을 떠돌며 별별 것들을 다 구경하고 다녔지만 이날 동쪽 섬에서 벌어진 축제처럼 신나는 구경거리는 본 적이 없었다. 원래부터 놀기 좋아하고 빈 시간 동안 늘 새 놀이감을 찾느라 안달이 되어 있던 사람들이 제약이 풀리고 새로운 재료들을 접하자 창의력을 폭탄처럼 터트린 것이다. 허공을 날아다니는 스파이더맨 모양의 풍선 인형, 쌀가루 반죽을 얇게 구워 발효한 물고기 진액을 발라낸 떡, 축구의 동작을 도입한 무용, 전통악기에 맞추어 편곡된 쇼스타코비치의 교향곡까지 즐길 수 있는 것들은 무궁무진했다. 이런 에너지가 언제까지 계속될 지 솔락은 알 수 없었다.

난장판에서 간신히 빠져나온 솔락은 셔틀선 앞에

서서 새로 뽑힌 정부 관리들과 이야기를 나누고 있던 마이를 보았다. 마이는 관리들에게 인사를 하고 솔락에게 달려왔다.

"영감 봤어?"

"촌장 말이야? 왜?"

"얼마 전까지 여기 있었어. 요새 그 친구 계속 숨겨놓은 무기가 있다고 떠들고 다니던데 그게 뭔지 알아? 지금 와선 암만 봐도 영감이 할 수 있는 건 없는데 뭐가 그렇게 자신만만한지 모르겠어. 여기 와서도 괜히 실없는 소리만 늘어놓고 가던데 도대체 의도가 뭔지."

"그냥 졌다는 걸 인정하고 싶지 않아서가 아닐까?"

"그럴지도 모르겠다. 자, 시작됐어!"

다섯 대의 나팔이 요란하게 신호 음악을 연주하자, 마이는 계약 내용이 인쇄된 양피지 서류를 들고 단상 위로 올라갔다. 그는 이제 꽤 유창해진 마놀라어로 우정과 발전과 소통에 대한, 듣기 편하지만 교묘하게 공허한 연설을 했다. 이런 정치적 연설에 익숙하지 않은 마놀라인들은 환호성을 질렀고, 마이는 그에 답변하듯 양피지 서류를 추켜올렸다.

219

죽은 자들에게 고하라

그때 폭음이 들렸다.

붉은 불꽃과 함께 불타는 작은 조각들이 바다를 향해 날아갔다. 처음에 솔락은 불꽃놀이 폭죽이 잘못 날아간 거라고 생각했다. 하지만 폭죽이 설치된 건 해변이 아니라 바다 위에 떠 있는 나뭇잎 뗏목이었다. 그렇다면 이 섬에서 이런 식으로 폭발할 수 있는 것은….

솔락은 고함을 지르며 해변으로 달려갔다. 얼마 전까지만 해도 해변에 셔틀선이 서 있던 곳은 지금 불바다가 되어 있었다. 뒤따라온 마이가 비명을 질러댔다. 드디어 그들은 촌장이 말한 '무기'가 무엇인지 알아차릴 수 있었다. 그것은 은유 따위가 아니었다. 기계시대가 끝난 뒤에도 성능을 잃지 않고 천여 년 동안 보존되었던 파괴 무기였다. 왜 그걸 생각하지 못했던 걸까? 그가 다른 사람들 몰래 책을 숨길 수 있었다면 폭탄 역시 숨길 수 있는 게 아닌가?

한동안 무릎을 꿇고 불타는 잔해를 바라보던 마이는 벌떡 일어났다. 그는 사람들 속으로 뛰어들어 그 사이에서 웃음도 울음도 아닌 모호한 표정을 짓고 있던 옛 촌장의 멱살을 잡고 그의 얼굴에 주먹질을 했다. 솔락은 불타는 우주선이 내는 타닥거리는 소음 사이에 희미하게 울리는 마이의 고함 소리를 들을 수 있었다. "바보 녀석, 네가 도대체 무슨 짓을 했는지 알아?"

솔락은 그들을 말릴 생각이 없었다. 그는 일어나 천천히 바다 속으로 들어갔다. 물이 발목까지 올라오자 멈추어선 그는 뒤를 돌아보았다. 잔해는 거대한 횃불처럼 타오르며 섬과 바다를 아름다운 주황색으로 물들이고 있었다. 그는 배를 움켜쥐고 미친 듯이 웃어대기 시작했다.

11

그들이 타고 온 배는 파괴되었다. 죽음의 세계와 우리를 연결해주는 유일한 통로가 끊어진 것이다. 나는 왜 지금까지 선임자들이 나에게 죽음의 시대의 유물인 폭탄을 보존하게 했는지 이해하지 못했다. 지금에서야 나는 그 이유를 깨달았다. 어떤 경우 죽음의 침략은 죽음의 무기로만 끊을 수 있다.

죽은 자들에게 고하라

사람들은 나를 증오한다. 그들은 나를 고집쟁이 반동이라고 부른다. (이게 도대체 무슨 뜻인가?) 그들은 내가 구하려고 하는 세계는 이미 죽었고 내가 아무리 발버둥 쳐도 다가올 변화는 막을 수 없다고 말한다. 내가 배를 파괴했어도 그들은 곧 다른 배가 그들에게 선물을 주기 위해 올 것이라고 믿는다.

그렇게 믿고 싶으면 믿으라. 나는 신경 쓰지 않겠다. 그들이 부서진 배와 우스꽝스러운 색깔을 한 외계인들의 헛소리를 믿는다면, 나는 자연을 믿겠다. 나는 모든 것들을 이전처럼 복원하고 기계들의 빈자리에 새로운 생명을 불어넣는 자연의 힘을 믿는다. 어떤 죽음의 기계도 생명의 힘은 막을 수 없다. 죽음은 순간이고 남는 건 생명뿐이다.

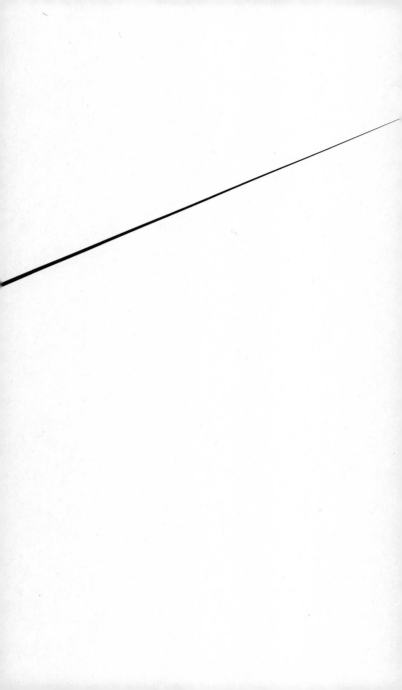

겨자씨

1

일식이다. 티타니아의 거대한 몸뚱어리가 붉은 해
를 잡아먹었다. 하늘은 짙은 보랏빛으로 어둡고 여기
저기 희미하게 별들이 보인다.

나는 비행선 전망창 밑에 서서 물에 푼 물감처럼
복잡한 무늬를 만드는 티타니아 표면의 구름을 바라
본다. 서쪽에서 위성 완두꽃이 막 모습을 드러낸다.
거미줄과 좀나방은 티타니아 뒤에 있고 앞으로도 언
제나 그럴 것이다.

약간의 운과 몇억 년의 시간이 더해져 겨자씨에 자
생 문명이 발생한다면, 그들은 이 광경을 어떻게 이
해할까? 나는 겨자씨 저편에서 태어난 지적 생명체

들이 적도 대륙의 해안을 타고 대장정을 떠나는 모습을 상상한다. 서쪽으로 가는 동안 그들은 지평선 너머의 거대한 무언가가 구름 뒤에 가려져 있는 걸 볼 것이다. 처음에는 그냥 언덕이나 산일 거라고 생각하겠지. 하지만 산처럼 보이던 것은 아무리 걸어도 가까워지지 않고 점점 거대해진다. 한참을 걸은 뒤에야 그것이 그들의 태양을 삼킬 만큼 거대한 천체라는 걸 알아차리겠지. 티타니아가 하늘 꼭대기에 도달했을 때, 용감한 몇 명은 겨자씨에서 가장 높은 산인 헬레나의 꼭대기로 올라가볼 것이다. 그들은 그곳에서 지금까지 구름 속에 가려져 있던 티타니아의 참 모습을 보게 될 것이다. 하늘에 거꾸로 박힌 둥그렇고 거대한 세계. 그들은 공포에 질릴까. 아니면 갑작스럽게 닥친 경외감 때문에 겁먹는 것조차 잊어버릴까.

문이 열린다. 에이미가 원통형 컨테이너를 질질 끌며 나온다. 그녀의 손은 컨테이너에서 묻은 끈적거리는 기름으로 엉망이다. 손을 대충 작업복 바지자락에 문지른 그녀는 심드렁한 목소리로 말한다.

슬슬 시작하지?

나는 비행선의 고도와 위치를 다시 한번 확인한

뒤, 에이미로부터 컨테이너를 건네받고 그녀를 따라 복도를 걷는다.

에어록 앞에 도착하자 우리는 우주복을 입는다. 잠시 웃긴다는 생각이 든다. 지금 우리가 있는 곳의 기압은 딱 1기압. 지구의 표면과 거의 같다. 물론 같은 건 기압뿐이다.

에어록을 통해 우리는 비행선 밖으로 나간다. 우리는 대륙과 남극을 비스듬히 잇는 b21-2221-gh호 기류를 타고 하늘을 날고 있다. 컴퓨터가 임시로 매긴 이 번호는 오래가지 못할 것이다. 이 높이에서 겨자씨의 하늘은 초음속으로 날아다니는 바람 군대들의 전쟁터와 같다. 그들은 끊임없이 서로를 먹어치우고 나타났다가 사라진다.

우리는 선미의 옴폭한 곳으로 기어가 컨테이너를 기울이고 뚜껑을 연다. 가오리처럼 생긴 부드럽고 검은 물체가 안에서 꿈틀거리고 있다. 내가 컨테이너를 잡고 있는 동안, 에이미는 가오리를 꺼내 꼬리를 잡고 난간 밖으로 집어던진다. 가오리는 서쪽으로 떨어져 곧 구름 속으로 자취를 감춘다.

난간 기둥을 잡고 주저앉은 우리는 거의 동시에 헬

겨자씨

멧의 모니터를 켠다. 가오리의 입 끝에 달린 일곱 개의 더듬이들이 읽은 시각 정보가 들어온다. 우리는 가오리가 목적지, 그러니까 우리보다 2킬로미터 밑에서 보다 안정된 기류를 타고 있는 구름 속에 들어갔으며 거기서 새끼들을 한 마리씩 내보내려 준비하고 있다는 걸 알게 된다. 비행은 정상이고 주변 온도도 견딜 만하다.

우리는 방출 명령을 내린다.

가오리는 입을 벌리고 맨 앞에서 기다리고 있던 새끼를 내뱉는다. 갈색 공처럼 생긴 것이 튀어나오더니 어미의 입 끝에 매달린 채 날개를 펼친다. 날개가 다 마르자 녀석은 날개 끝에 난 갈고리로 어미의 얼굴을 타고 기어올라 등에 딱 달라붙는다. 다른 새끼들이 그 뒤를 따른다.

새끼들이 모두 안착하자 우리는 다시 집으로 돌아온다. 비행선이 날아가는 동안 지금까지 티타니아 뒤에 숨어 있던 붉은 태양의 끄트머리가 조금씩 기어나온다.

2

우리 집은 겨자씨에 있는 단 하나뿐인 대륙 꼭대기에 위치해 있다. 구름을 걷어내고 본 겨자씨의 모양은 괴상하다. 적도에 훌라후프 모양으로 걸린 대륙이 남쪽과 북쪽의 대양을 갈라놓고 있다. 남과 북은 너무나도 오래 차단되어 있어서 심지어 바닷물의 색도 조금 다르다.

산꼭대기의 절벽 밑에 판 다섯 개의 동굴로 구성된 우리 집의 모양은 나쁘지 않다. 조금은 흑백영화판 〈제인 에어〉에 나오는 손필드 저택 같기도 하다. 우리보다 먼저 도착한 무인우주선의 건설로봇들이 무심하게 키운 거창한 벽돌 벽 입구 때문이기도 하지만, 안개처럼 빽빽한 구름과 그 구름을 먹고 자라는 주변의 검은 식물들 때문이다. 우리 집 주변은 모든 것이 검거나 회색이어서 색이 있는 무언가가 있으면 오히려 어색하게 튄다.

겨자씨에는 이와 같은 집들이 다섯 채가 있다. 지금 건설로봇들은 여섯 번째 집을 2천 킬로미터 떨어진 강가에 짓는 중이다. 다들 백 명 이상의 인원을 수

겨자씨

용할 수 있는 호텔 크기의 동굴집이다. 계획대로였다면 그중 두 군데는 네 살배기 아이들로 바글바글했을 것이고 우리들 중 어느 누구도 여기에 있지 않았을 것이다.

산꼭대기에 있는 이 동굴들은 우리의 두 번째 집이다. 4년 전까지만 해도 우리는 해변의 동굴에 살았다. 격납고 부분을 제외하면 구조는 거의 같고 창문도 없어서 안에 있으면 이사 갔다는 느낌도 들지 않는다. 그렇다고 외출이 잦은 것도 아니다. 기압 차가 있다고는 하지만 맨몸으로 나갈 수 없는 건 해변이나 산꼭대기나 마찬가지다.

우리는 이곳에서 어미 로봇들을 만든다. 크리스타벨의 생명체들이 겨자씨의 하늘에 적응할 수 있도록 양육하고 교육하는 가짜 엄마들. 오늘 날린 가오리는 우리가 하늘에 보낸 최초의 어미다. 이번 가오리들이 겨자씨의 구름 속에서 살아남는다면 우리는 슬슬 다른 종들을 시도해볼 것이다. 방출되는 종들을 서너 개씩 늘려가며 조금씩 생태계의 균형을 잡아가는 것이다. 이것은 다리나 탑을 세우는 것과 같다. 지지대를 세우고 그 위에 각각을 지탱할 수 있는 삼각형을 겹쳐가는 것이다.

에이미는 다음 작업에 들어간 지 오래다. 그녀는 열다섯 종의 어미를 디자인했고 오늘 날린 것을 포함한 네 개는 제조기로 이미 만들어놓았다. 이 작업이 가능한 제조기를 만들기 위해 우리는 4세대에 걸쳐 제조기들을 제작하고 업그레이드시켜야 했다.

어미들은 대부분 비슷하게 생겼다. 하늘을 나는 물고기들이나 해파리들이다. 지구의 새와 같은 모양을 기대해서는 안 된다. 크리스타벨과 겨자씨의 대기는 지구와 전혀 다르다. 크리스타벨의 바람동물은 중력에 저항할 필요가 없다. 그들은 바람과 대기층에 묶여 있어 아주 드문 경우를 제외하면 하늘에서 떨어지지 않는다. 크리스타벨의 하늘은 땅과 인연을 끊은 생명체들로 북적거렸다. 적어도 35년 전까지는.

에이미는 크리스타벨 출신이다. 적어도 그녀의 기억은 그렇다. 크리스타벨의 식민지가 파괴되기 전, 사람들은 그들이 가진 모든 정보를 다른 세계로 전송하려 시도했다. 태양의 플레어 폭발이 전송을 끊어버렸지만 백업된 여덟 살짜리 소녀의 정신은 살아남았다. 폭발 사흘 전의 것이었다. 그녀는 죽음의 기억을 갖고 있지 않았다.

나에게 에이미를 다시 살려내는 것은 의무였다. 에이미와 함께 크리스타벨의 생태계 전체를 복원하는 것이 내가 해야 할 일이었다. 인류가 발견한 세계 가운데 크리스타벨은 지구만큼 복잡한 생태계를 가진 유일한 곳이었다. 플레어 폭발 따위가 그 세계를 날려버렸다고 연구를 포기할 수 없었다. 자, 그리고 크리스타벨과 같은 조건을 갖춘 식민지가 근처에 어디 있더라? 무인우주선에 의한 생태계 연구가 딱 10년째이고 파종선은 아직 도착하지도 않았다는 사실은 중요하지 않았다. 어차피 식민지가 세워지면 망가질 곳, 신나게 놀아봐!

그게 표준력으로 12년 전 일이다. 여기서부터 날짜 계산은 철저하게 겨자씨의 기준을 따른다. 광속의 한계는 과거와 현재를 섞어놓는다. 우리의 현재는 다른 세계의 역사이고 그 반대도 마찬가지다.

나는 비행선 정비를 마치고 거실로 돌아온다. 에이미는 저녁으로 먹을 음식 부스러기와 식초음료 병을 들고 소파에 앉아 나를 기다리고 있다. 내가 소파에 자리를 잡자 그녀는 〈찰스 파젯의 모험〉의 마지막 편을 튼다.

이번 에피소드는 이틀 전에 전송되었지만 우리는 겨자씨 식민지의 10주년 기념일을 축하하기 위해 오늘까지 아껴두었다.

연속극은 75년 전 것이나, 우리에게 그건 큰 의미가 없다. '지금'의 지구가 우리에게 무슨 의미가 있는가. 그건 같은 연속극을 보고 네트에 일방적인 메시지를 날리는 32년 전 베드포드 폴스나 21년 전 라다의 시청자들도 마찬가지다. 우리에게 그들은 모두 현재의 사람들이다.

아비딘이 이날을 같이 맞았으면 좋았을 것이다. 그는 언제나 찰스 파젯을 시드니 그린리프보다 더 좋아했으니까. 그는 그린리프를 경멸했다. 사칙연산 실력을 추리력으로 착각하는 얼간이 같으니.

아비딘이 죽은 지 4년이나 지났지만 아직도 그가 더 이상 존재하지 않는다는 사실을 받아들이기가 힘들다. 죽기 전에 정신을 백업해주기라도 했다면 좋았겠지만 아비딘은 자신이 책임질 수 없는 복사품을 남겨놓는 걸 싫어했다. 그는 전쟁 상태에 있는 나와 에이미를 남겨놓고 세상을 떴다.

우리는 어찌어찌 그 상황을 넘겼다. 어떻게 넘겼는지 기억도 나지 않는다. 아마 죽도록 공부하고 일했을 것이다. 그게 해결책이었을 거다. 말이 나왔으니 하는 말인데 도대체 왜 그렇게 서로를 잡아먹지 못해 안달이었는지도 잘 기억나지 않는다. 우린 그냥 그래야만 했고 그 상황을 피해 달아날 곳도 없었다. 겨자씨, 아니 티타니아를 포함한 이 태양계 전체가 우리에겐 감옥이었다. 탈출하는 사람들이 선택하는 것은 공간이 아니라 사람이다. 사람을 선택할 수 없다면 어디로 가도 달라지는 건 없다.

다른 사람들을 만드는 것도 고려해봤다. 아이들을 계획보다 일찍 만들 수는 없었다. 우리는 아직 준비가 되어 있지 않았다. 어른들을 만들고 네트로 전송되는 다른 정신들을 다운받아 그 안에 심을 수도 있었을 것이다. 하지만 우린 그 당시 다른 사람들을 우리 사이에 두는 건 더 견딜 수 없다고 생각했다. 해변의 로봇들은? 그들은 인간관계에 관심이 없었다. 해결책은 없었다. 그냥 서로를 견뎌야만 했다.

그 와중에 연속극은 쓸 만한 도피처였다. 적어도 그 안에는 우리가 책임질 필요가 없는 사람들이 우리와 상관없는 세계에서 살고 있었다. 우리는 주로 역사물을 봤다. 우주여행도, 티타니아도 모르는 세계에서 노란 태양빛을 받으며 살아가는 사람들의 이야기.

찰스 파젯 경사의 이야기는 끝나가고 있다. 그는 3개월의 노력 끝에 중년 여자들만 살해하는 연쇄살인마를 잡았고, 세 번째 사건의 누명을 쓰고 사형선고를 받은 스코틀랜드 출신 하녀를 구해냈다. 지금 그는 어색하기 짝이 없는 태도로 막 감옥에서 풀려난 하녀에게 청혼하고 있다.

이제 〈밀튼 – 헤이우드 연대기〉의 필드에서 찰스 파젯이 챙길 수 있는 공간은 많지 않다. 앞으로 그는 재수 없는 자칭 명탐정 시드니 그린리프의 구박을 받으며 남은 경찰 경력을 보낼 것이다. 은퇴한 뒤에는, 아내는 자궁암으로 고생하다 죽을 것이고, 두 번째 세계대전 때 RAF에 들어간 외동아들은 독일군과 싸우다 전사할 것이다. 〈찰스 파젯의 모험〉은 그가 가까스로 쟁취한 첫 번째이자 마지막 승리다.

찰스 파젯을 위해 건배.

연속극이 끝나자 나는 식초가 든 잔을 들고 말한다.

그리고 아비딘을 위해서도.

겨자씨

에이미가 어색하게 받는다.

3

우린 다시 하늘로 간다. 우리가 이번에 탄 건 비행
선이 아니라 두 대의 일인용 비행요트다. 표준력으로
4개월이 지났다. 겨자씨의 달력으로는 처음부터 계산
한 적이 없다. 적색왜성 태양계에 속한 가스행성 궤
도에서 동주기 자전을 하는 위성의 달력을 따로 만들
어 일상생활에 반영하는 건 귀찮기 짝이 없다. 연을
달로 쪼개고 달을 일로 쪼갠다는 작업 자체가 의미
없는 것이다. 우리에게 '개월'은 철저하게 추상적인
개념이다.

비행요트는 크리스타벨 식민지의 발명품이다. 그
개념은 우주 식민 초기로 거슬러 올라가지만 현실화
시킨 것은 크리스타벨의 발명가들이 처음이다. 겨자
씨에 온 뒤로 에이미는 비행요트에 집착했다. 그건 그
아이의 정체성 선언과 연결되어 있었다. 에이미에게
자신이 마지막으로 살아남은 크리스타벨 거주민임을

증명하는 것은 중요했다. 비록 아이가 이사 온 새 육체가 단 한 번도 겨자씨를 떠난 적이 없다고 해도.

비행요트는 접었다 폈다 할 수 있는 풍차 날개가 달린, 열대어와 비슷한 탈것이다. 지구에서는 기껏해야 연 정도의 기능밖에 못할 것이다. 하지만 크리스타벨과 겨자씨의 농밀한 대기와 거친 바람 속에서는 사정이 다르다. 지구의 글라이더와는 달리 비행요트는 바닷물 속의 물고기처럼 자유롭게 바람과 구름 속을 누빈다.

우리는 어미 로봇의 신호가 발신되는 구름 속으로 미끄러져 들어간다. 조명을 받은 구름은 파랑, 빨강, 노랑, 연보라, 금빛, 은빛, 우윳빛으로 반짝인다. 구름 속 물방울을 먹고 살아가는 하늘풀들이 구름 속에 뿌리는 포자를 담은 주머니들이다. 눈이 있는 생명체가 존재하지 않는 하늘에서 이런 화려한 색의 발광은 낭비처럼 보인다. 약간의 연구 끝에 나는 그 색이 거의 무해한 세균성 전염병의 증상 중 하나이며 그 화려한 색은 철저한 우연의 산물임을 밝혀냈다. 겨자씨에서 이 색깔들은 낭비되는 게 아니라 용납되고 방치되고 있다.

어미 로봇과 새끼 가오리들은 바로 그 색의 축제 속으로 들어갔다. 우연일까? 아니면 그들은 그 색에 끌려들어간 것일까? 우리로서는 알 수 없다. 우리는 로봇의 행동을 모두 보고 받았지만 세세한 동기와 목적까지 모두 확인할 수는 없었다. 생태 적응이란 원래 그런 것이다. 종종 그것들은 정말 아무런 의미가 없을 수도 있다.

무지개색 하늘풀들의 난장판 속에서 우리는 어미 로봇을 발견한다. 어미 로봇 주변을 날아다니는 아홉 마리의 새끼들이 보인다. 두 마리는 살아남지 못했나 보다. 하지만 나머지는 모두 건강해 보인다. 구름 속에서 포식을 했는지 몸도 자랐다. 이제 가장 작은 녀석도 어미의 절반 정도 크기로 보인다. 일주일이나 두 주 정도 지나면 그들은 독립할 것이다. 그들은 각자의 구름과 짝을 찾아 떠날 것이다. 짝을 만나지 못하면 그냥 처녀생식으로 자기와 똑같은 새끼들을 낳겠지. 그러다 보면 또 유전자 정보를 교환할 수 있는 짝을 만나기도 할 것이다. 그러면서 그들은 조금씩 겨자씨의 구름들을 정복해가리라. 아직까지 이 과정을 방해할 만한 변수는 나타나지 않았다. 결국 우리가 만들어야 한다.

비행요트를 타고 구름 속을 한참 헤집던 우리는 필요한 정보를 모두 얻자, 수직 하강해서 구름 속을 빠져나온다. 곧 상승기류를 찾아낸 우리는 $3g$의 가속도로 다시 위를 향해 날아오른다. 구름은 흩어지고 하늘은 맑아진다. 아래를 보면 지난 몇 시간 동안 바닷물 속으로 서서히 가라앉고 있는 흐릿한 붉은 태양이 보인다. 저렇게 커다란 덩어리에 왜성이라는 이름을 붙인다는 게 말이 되는가.

맞은편에서는 인공위성처럼 보이는 작은 물체가 반짝거리며 천천히 하늘을 가른다. 인공위성이 아니다. 그것은 나와 아비딘이 타고 왔던 파종선의 파편이다. 기기 고장으로 겨자씨의 로시 한계를 넘어 수십 조각으로 부서진 소행성의 잔재. 우리는 그 와중에 열네 명의 동료들을 잃었다. 파편의 상당수는 겨자씨의 표면으로 떨어졌다. 대부분 대기 안에서 불타 사라졌지만 가장 큰 덩어리는 적도 대륙에 떨어져 작지 않은 크레이터를 만들었다. 대단한 소동은 일어나지 않았다. 어차피 그곳엔 소동을 피울 만한 지능을 가진 생명체들이 존재하지도 않았다.

4

집에 돌아온 우리는 〈찰스 파젯의 모험〉의 메이킹 다큐멘터리를 본다. 불편한 경험이다. 나는 우리 눈 앞에 앉아 40년 동안 파젯을 연기한 경험에 대해 이야기를 하는 사람이 연속극의 찰스 파젯이었다는 사실을 인정할 수 없다. 그 사람의 다갈색 피부는 수염도, 주름도, 주근깨도 없이 매끈하기만 하며 똥배도 안 나왔고 코크니 사투리는 쓰지도 않는다. 그리고 이제 그 사람은 남자를 충분히 연기해왔으니 이제는 여자 역에 도전할 때가 되었다고 말한다. R. J. 바란 이라는 이름의 이 배우는 그동안 남자가 아니었던 건가? 모르겠다. 지구에서는 그게 그렇게 중요하지 않은 모양이다. 하긴 식민지 공간에서도 중요하지 않은 건 마찬가지다. 급하면 누구라도 종족 번식에 동원되어야 하니까. 일단 나부터가 남자 둘의 유전자로 만들어지지 않았던가.

우리는 〈찰스 파젯의 모험〉이 전송되는 동안 같이 딸려온 시청자들의 반응도 확인한다. 75년에 걸친 다양한 세계의 시청자 반응이 지난 몇 개월 동안 압축

되어 전송되고 있다. 다양하지만 전체는 아니다. 우주 개척은 한 방향으로만 진행되는 게 아니다.

우리보다 32년 먼저 본 베드포드 폴스의 시청자 반응이 가장 뜨겁다. 하긴 운 좋게 지구의 태양과 비슷한 황색왜성 태양계를 건진 그들은 시간 여유도 많다. 가끔 베드포드 폴스의 연속극을 보면 무대가 지구인지 외계 행성인지 구별하기 어려울 때가 있다. 그들은 그 사실을 자랑스럽게 여기지만 나는 웃기지도 않는다고 생각한다. 우주 진출의 목표가 무엇인가. 우리가 바깥세상에서 다른 삶의 방식을 찾지 않는다면 우주로 나간다는 것이 무슨 의미가 있는가.

나는 그들이 〈찰스 파젯의 모험〉을 온전히 즐기지 못했다고 생각한다. 적어도 나는 우리가 〈찰스 파젯의 모험〉의 진짜 시청자라고 믿는다. 이 연속극이 포함된 〈밀튼-헤이우드 연대기〉의 재미는 단 한 번도 가본 적이 없는 고향 세계에 대한 향수에 의해 최대화된다. 지구나 베드포드 폴스의 사람들이 이런 것에 대해 어떻게 알겠는가.

에이미는 나와 다른 이유로 몇몇 시청자들의 반응이 불만스럽다. 그녀는 파젯이 조금이라도 야무졌다면 사건을 해결하는 데 이틀이면 충분했을 거라는 냉소적인 반응이 가장 싫다. 그녀는 20세기 초를 사는 평범한 남자의 어쩔 수 없는 한계를 받아들이지 않고 이 드라마를 보는 사람들이 이해가 안 된다. 그 한계야말로 파젯이라는 인물을 이루는 필수 조건인데 말이다. 서툴고, 어리석고, 실수투성이지만 그 한계 속에서 옳은 일을 다 하려고 최선을 다하는 사람. 그걸 받아들이지 못한다면 지구 무대의 사극 따위는 보지도 말아야지.

이런 반응은 특히 베르사유 태양계에 많다. 그들의 냉소는 이해할 만하다. 골디락 존에 발붙일 돌덩어리 하나 없는 곳에서 그들은 스스로 살아야 할 세계를 만들어야 한다. 그들은 모든 것을 기능성 위주로 판단한다. 어리석음의 사치를 즐길 여유 따윈 없다. 심지어 지구의 연속극이 그런 여유를 제공해준다고 나서도 그들은 받아들이지 않는다.

아마 그들은 살아남을 것이다. 하지만 살아남은 그들은 어떤 존재가 되어 있을 것인가.

아마 한 무리의 시드니 그린리프처럼 되어 있겠지.

에이미는 결론 내린다.

베르사유인들을 이렇게 몰아붙이는 건 부당하다. 그들이 4.6광년 너머에서 우리를 돕지 않았다면 지금까지 우리가 이룬 성과는 꿈도 꿀 수 없었다. 아마 그렇기 때문에 우리가 그들에게 삐딱하게 구는 건지도 모른다. 우리는 그들이 고마운 것만큼이나 그들이 우리에게 보스 행세를 하는 게 싫다. 그들도 하고 싶어서 그러는 게 아니라는 걸 알면서도.

나는 실제로 베르사유에 가보았다. 니자에서 출발한 파종선이 엄청난 에너지를 낭비해가며 그곳을 방문했던 건 우주선에 장착한 새로운 추진장치 때문이었다. 시스템은 베르사유 기술자들의 발명품이었고 그들은 그 결과물을 확인하고 싶어 했다.

베르사유에서 나는 추진장치의 설계자 중 한 명이었던 아비딘을 만났다. 그는 고향인 베르사유의 소행성들을 떠나고 싶어 했다. 자신의 발명품을 실험하기 위해 파종선에 타는 건 그럴싸한 핑계였다. 난 가끔 그가 순전히 그 핑계를 만들기 위해 우주선 개발을 직업으로 선택했는지도 모른다고 생각한다.

겨자씨 궤도에 도착하기 직전 파종선에서 무슨 일이 일어났는지는 아무도 모른다. 사고 당시의 기록들은 파종선과 함께 날아가버렸다. 설계 잘못이었을 수도 있고 다른 문제 때문이었을 수도 있다. 나는 후자쪽을 밀련다. 우주여행은 바캉스가 아니다. 사고는 여행의 당연한 일부다.

이유가 무엇이건 아비딘은 심각한 죄의식에 시달렸다. 그를 믿었던 열네 명이 목숨을 잃었다. 그것도 바로 목적지 코앞에서 유치하기 짝이 없는 사고로. 그의 베르사유식 자존심은 산산조각이 났다. 그는 심각한 우울증을 앓았고 간신히 극복했을 때는 우리가 아는 아비딘이 되어 있었다.

겨자씨에서 보낸 6년 동안 그의 목표는 오로지 속죄와 보상이었다. 인간적인 만큼이나 계산적이었다. 그는 파종선의 사고가 남긴 구멍을 채우고 싶어 했다. 그는 자신이 객관적으로 계산할 수 있는 가치를 생산했다는 사실을 증명하고 싶어 했다. 그는 에이미와 있을 때를 제외하면 삶의 기쁨을 거의 느끼지 못했다.

아비딘은 에이미와 죽이 잘 맞았다. 그들은 종종

동갑내기 친구처럼 보였다. 나는 다행이라고 생각했다. 겨자씨에 추락하기 전까지 파종선과 파종선을 오가며 거의 평생을 보냈던 나는 아이들을 다루는 방법에 대해 아무것도 몰랐다. 에이미에게도 우리 둘 모두 있는 게 나았다. 내가 아이의 이상적인 친구가 될 수 없었던 것처럼, 아비딘도 나처럼 에이미를 훈련시킬 수는 없었을 것이다.

단지 나 역시 아비딘에 의지하지 않고 아이와 친구가 되는 방법을 조금 일찍 익혔다면 좋았으리라.

6

아직도 베르사유 식민지에서는 아비딘에게 편지를 보내온다. 그들에게 겨자씨는 베르사유의 연장이고 아비딘은 겨자씨의 대표다. 지금쯤 그들도 내가 보낸 편지를 통해 아비딘이 죽었다는 사실을 알게 되겠지만 한동안 나는 계속 그의 이름으로 날아든 편지를 읽어야 할 것이다.

상관없다. 남의 역할을 하는 건 익숙하다. 겨자씨

에서 나와 아비딘이 맡았던 임무 역시 우리 일은 아니었다. 나는 우주선 항해사였고 아비딘은 우주선 엔지니어였다. 생물학이나 환경공학에 대해서는 다들 기초만 간신히 알았다. 하지만 전문가들이 모두 몰살당한 상황에서 내 일, 남 일을 가를 여유는 없었다. 우리는 미친 듯이 두뇌에 지식을 주입했다. 어떤 때는 그 속도가 너무 빨라 더 이상 내가 나처럼 느껴지지 않을 때도 있었다. 지식뿐 아니라 그 지식을 정리한 전문가의 인격 일부까지 뇌 속으로 들어왔던 것이다.

이번에 그들이 보낸 편지는 우주개척연합의 것이다. 정확히 말하면 연합의 전권을 물려받은 베르사유 지부의 것이다. 그들은 뒤늦게 우리의 10주년을 축하하고, 우리가 지난 10년 동안 이루었을 것이라 추정되는 업적을 짐작해보고, 생태공학과 관련된 최신 연구 결과를 보낸다. 속내를 읽는 건 어렵지 않다. 그들은 혹시나 우리가 임무를 포기할까봐 걱정하고 있다.

전혀 다른 두 세계의 생명체를 하나로 섞는 건 끔찍한 일처럼 보인다. 하지만 우주 개척자들은 더 이상 생태계의 순수성 따위는 신경 쓰지 않는다. 우리의 존재 자체가 그 순수성을 부인한다. 우리는 처음부터 지구 생명체들을 우주에 이식하는 것을 직업으로 삼은 사람들이다. 과거 지구의 도살자들이 소나 돼지를 죽이는 것을 당연시하고 의사들이 천연두를 멸종시키는 것이 당연한 일이라고 생각했던 것처럼, 우리는 이런 혼합을 당연하다고 생각한다. 그것이 크리스타벨과 겨자씨의 혼합이라고 해도 다를 건 없다.

크리스타벨과 겨자씨의 생태계를 결합하는 것은 중요한 실험이다. 이는 우리가 앞으로 생태계를 어떻게 관리하고 변수를 어떻게 통제할 수 있는지를 보여 줄 것이다. 만약 이것이 만에 하나 생태학적 재앙이 된다고 해도 우리는 얻는 게 있을 것이다.

이론상, 다른 세계에서 온 두 생태계를 결합하는 것은 옛날 사람들이 생각했던 것만큼 어렵지는 않다. 그건 아이러니하게도 다른 세계의 생물들을 이식하는 작업이 결코 보기만큼 쉽지 않기 때문이다. 생명체는 혼자 존재하지 않는다. 아무리 작은 동물이라고 해도 기생하고 공생하는 미생물들을 모두 더하면 작은 도시와 같다. 그렇다면 이들 모두를 넣어줄 것인가, 아니면 현지 미생물로 교체할 것인가. 마찬가지 이유로 외계 미생물이 현지 생물에게 치명적인 질병

겨자씨

을 유발할 가능성도 극히 낮다. 생물학적 환경이 전혀 다르기 때문이다.

여기서 어미 로봇들의 역할은 결정적이다. 우리와 우리가 풀어주는 생명체들의 가교 역할을 한다. 그들은 우리가 원하는 방식으로 새끼들을 키우고 가르친다. 새끼들을 그냥 풀어주었다면 녀석들은 하늘풀이 먹이라는 걸 알아차리긴 했을까.

종종 이런 아이디어가 끔찍하게 느껴질 때도 있다. 크리스타벨의 생태계는 지구의 것과 마찬가지로 일련의 살육과 기아를 통해 유지되었다. 우리는 그 피에 물든 공포와 죽음을 겨자씨의 하늘에 도입하려는 것이다.

그래서? 그게 나쁜가?

언젠가 아비딘이 말했다.

적어도 저것들은 계속 존재하면서 뭔가를 느끼겠지. 아무것도 없는 것보다는 뭐라도 있는 게 나아. 이런 토론도 아무것도 없는 상태에서는 이루어질 수 없지. 게다가 겨자씨도 그렇게 결백한 곳은 아니야. 여기 바닷속이 만만치 않은 곳이라는 건 너도 알잖아. 하늘 위에 비슷한 세계가 하나 더 만들어지면 더 끔찍해지나? 그건 아닐 걸.

철학적인 반론처럼 들리는가? 어림없었다. 크리스
타벨의 야수들을 겨자씨에 푸는 데엔 어떤 철학도 필
요 없었다. 그는 무조건 그 일을 성사시켜야만 했다.
에이미에게 고향을 돌려주기 위해. 그가 무익한 삶을
살지 않았다는 것을 증명하기 위해.

7

집으로 로봇들이 찾아온다. 우리보다 24년 먼저 티
타니아의 위성들을 탐사하러 온 우주선의 승무원들
이다. 우리와는 달리 그들은 아무런 사고 없이 안전
하게 티타니아의 궤도에 도착했고 4대 위성에 착륙
선을 보냈다. 지금 그들의 우주선은 거미줄의 위성이
다. 우주선은 그곳에서 티타니아와 좀나방의 조석 작
용으로 끝없는 화산 폭발을 일으키는 거미줄의 표면
을 관찰한다.

그들은 우리와 거의 만나지 않는다. 4년 전 일 때문
은 아니다. 그냥 사는 곳이 다르고 하는 일이 다르다.

그들은 바다에 살면서 토착 생명체들과 생태계를 연구한다. 우리는 산꼭대기에 살면서 하늘과 땅을 관리한다. 우리가 오기 전 그들은 잠시 땅에 살았다. 우리가 살 집을 지었고 땅의 생물들을 연구했다. 일은 곧 끝났다. 얕은 바다에 살다가 가끔씩 육지로 올라오는 양서동물들을 제외하면 겨자씨의 육지는 초라하고 지루하다.

로봇들이 온 건 식량 때문이다. 그들은 연구 도중 우리가 음식 재료로 쓸 수 있는 것들을 발견하면 수집했다가 1년에 한 번 정도 시간을 내 가져온다. 우리는 그것들 중 3분의 1 정도를 취한다. 그중 우리가 가장 많이 사용하는 것은 물버섯이라는 갈색 스펀지 조각처럼 생긴 생물로, 식용이 아닌 하수 정화용으로 쓴다.

그들은 지금 격납고에 모여 있다. 그냥 보면 고래처럼 생긴 잠수함 두 대가 그냥 세워져 있는 것 같다. 그들이 집에 들어왔다고 해서 대화가 특별히 더 잘되는 건 아니지만, 우리는 그들과 잡담을 시도한다. 심지어 접는 의자를 격납고로 가져와 그들 앞에 앉기까지 한다. 우리는 인간이라는 동물의 비논리성으로 그들을 괴롭히는 것이 재미있다. 그리고 그건 우리의 한계에 대한 일종의 변명이기도 하다.

그들은 우리에게 해변 거주지의 가능성에 대해 이야기한다. 인간 개조가 다시 한번 언급된다. 어차피 산꼭대기라고 해서 인간들이 맨 몸으로 살 수 있는 건 아니다. 여전히 기압은 높고 이산화탄소와 산소가 너무 많다. 테라포밍은 불가능하다. 그런데 왜 인간들은 원래의 육체를 고집하며 껍질을 뒤집어쓰고 사는가. 약간의 개조만으로도 이 세계에서 살 수 있는 육체를 만드는 건 일도 아닌데. 어차피 인간 식민지의 80퍼센트는 적색왜성의 궤도를 도는 기압이 높은 행성이나 위성에 있다. 그렇다면 소수인 황색왜성 태양계 대신 적색왜성 태양계를 기준으로 삼는 것이 당연하지 않은가.

대화는 제대로 이어지지 않는다. 그들이 이런 질문을 하는 것은 처음이 아니다. 그들은 경험을 통해 우리의 변명들을 다 알고 있다. 인간성이라는 단어 하나만으로 이 모든 바보짓이 설명된다. 우리가 이 이상하고 지루한 세계들에 동료들을 파견하는 것, 유능한 인공지능이 있는데도 굳이 사람들을 태워 우주선의 속도를 떨어뜨리는 것, 처음부터 어른의 육체를 만들어 정신을 이식할 수 있으면서도 굳이 어린 시절을 보내며 시간을 낭비하는 것. 이 모든 것의 이유는 인간성이다. 그리고 우주 식민은 바로 이런 어리석음과 비능률을 보존하고 전파하기 위함이 아닌가. 그러니 그냥 내버려둬!

그러나 그들은 대화를 포기하지 않는다. 그들은 이러한 반복이 우리를 설득할 수 있을 것이라고 믿는다. 아마 정말 그럴지도 모른다. 실제로 거주민 전체가 그런 적응을 받아들인 세계도 있다. 아마 그들도 친절하고 끈질긴 인공지능의 설득에 넘어갔으리라.

아직은 그들에게 넘어갈 생각이 없는 나는 화제를 돌린다. 나는 우리가 지금까지 겨자씨의 하늘에 이식한 일곱 종의 생물들에 대해 이야기한다. 우리가 그 종들을 어떻게 골랐는지, 이를 통해 생태 혼란을 얼마나 줄일 수 있었는지 설명하고 자랑한다.

그들의 답변은 내 기대와는 어긋난다. 그들은 우리의 윤리에 관심이 없다. 그들은 처음부터 그런 생태적 격리 따위는 불가능하며 우리의 안전장치들은 무의미하다고 말한다. 언젠가 하늘을 떠돌던 크리스타벨의 생명체들 중 일부는 바다와 땅으로 내려올 것이고, 겨자씨의 바다에 사는 생물들 역시 계속 하늘에 도전할 것이다. 이 태양계에는 우주의 수명만큼 시간이 남아 있다. 그동안 무슨 일들이건 일어날 것이다.

그리고 우리는 그 모든 과정을 지켜볼 겁니다.

로봇들이 말한다.

8

가오리들은 한쪽 끝이 짧은 V자 모양의 편대를 이루며 밤하늘을 날아가고 있다. 크리스타벨에서 그들은 저런 짓을 한 적이 없었다. 이곳에서 스스로 깨우쳤거나 누군가가 가르친 것이다. 하지만 왜인가. 지구의 철새들과 같은 이유는 아닐 것이다. 이곳은 계절이주가 없고, 이런 대형이 공기역학적 장점으로 작용하지도 않는다. 무언가 다른 이유가 있을 것이다.

갑자기 편대의 모습이 바뀐다. 지금까지 누워 있는 V형이었던 것이 90도로 일어난 것이다. 변환이 일어나기가 무섭게 그들의 머리 위로 삼각형의 짐승이 지나간다. 포식자인 하늘표범이 거의 자유낙하 하듯 가오리들 위로 떨어진다. 대형은 다시 흩어져 이번엔 앞이 뚫린 원형이 된다. 여전히 이 대형의 이점은 알 수 없다.

있다고 해도 지금 하늘표범에게는 별다른 장애가 안 된다. 녀석은 입구 옆에 있는 가오리를 낚아챈다. 입으로 머리를 무는 동안 입 주변의 촉수가 목과 등을 갈가리 찢는다. 척추가 꺾이고 몸이 두 동강 난다. 살아남은 가오리들이 다시 V자형 편대로 모여 달아나고, 하늘표범이 움켜쥔 고기를 포식하는 동안 떨어져 나간 가오리의 나머지 부분은 회오리를 치면서 날아다니다가 우리가 탄 비행선의 창문과 충돌한다. 아직도 꿈틀거리는 이 고깃덩어리는 잠시 창문에 검은 진액을 남기며 붙어 있다가 다시 바람에 쓸려 떨어져 나간다. 그것은 한동안 바람 속을 떠돌아다니다가 다른 육식동물의 점심이 되거나 구름 속에서 그냥 썩어 사라질 것이다.

비행선은 천천히 아래로 내려간다. 주변에 내리치는 천둥 번개로 대기가 흔들린다. 밑을 보니 해변에서 무언가가 불타고 있다. 로봇들은 아니고 산불 같은 건 더더욱 아니다. 로봇들은 그런 사고를 일으킬 만큼 둔하지 않다. 몇 안 되는 육지 생물들은 모두 번개와 발화에 맞서는 보호막을 갖고 있다. 화산활동으로 육지에 흘러나온 화학물질일 가능성이 크다. 산소가 풍부한 겨자씨의 대기는 태울 수 있는 모든 것들을 태워야 만족하는 것 같다.

비행선은 옛날 집의 격납고로 들어간다. 안은 우리가 마지막으로 떠났을 때와 달라진 것이 거의 없다. 먼지 하나 없을 정도로 깨끗하고 정돈도 잘 되어 있다. 달라진 건 격납고에서 수리를 받고 있는 세 대의 로봇들뿐이다. 우주복을 입고 비행선에서 나온 우리는 손을 흔들어 인사를 건네지만 그들은 아는 척을 하지 않는다. 그럴 줄 알았다.

격납고 입구에서 우리는 다른 로봇을 만난다. 동료들처럼 고래 모양이지만 여섯 개의 짧고 굵은 다리로 걷고 있는 택시만 한 기계다. 작은 위성 로봇들이 엄마를 따라다니는 새끼 거위처럼 그것의 뒤를 따르고 있다. 반질반질한 표면이나 동글동글한 디자인을 보아하니 다들 만들어진 지 1년도 안 되었나보다.

나는 밤하늘을 본다. 티타니아는 동쪽으로 14도 기

257

겨자씨

울어져 있다. 이 비대칭성은 은근히 신경 쓰인다. 이전에도 그랬던가.

등 뒤에서 로봇이 에이미와 수다를 떨고 있다. 동료들과는 달리 이 로봇은 의식적으로 우리에게 친근감을 표시하고 있다. 아마 바다 대신 우리를 연구 대상으로 삼은 모양이다. 로봇은 우리가 빨리 인간 아기들을 만들어 겨자씨 곳곳에 풀기를 바란다. 생태계 이식 작업의 기초가 끝났으니 우리도 시간이 좀 나지 않았는가. 여전히 우리가 바쁘다면 그들이 도울 수도 있다. 건설로봇들이 해변 집에 만든 육아 시설들과 안전장치들을 보라. 여전히 산꼭대기를 고집하고 싶다면 거기에도 같은 걸 보내줄 수 있다. 하지만 아이들을 키우는 건 해변이 더 낫지 않겠는가.

나는 속으로 웃는다. 이 로봇의 연설에는 은근히 희극적인 구석이 있다. 인간을 이해하고 흉내 내려는 시도는 그 놀라운 정확성에도 불구하고 왠지 모르게 웃긴다. 아마 처음부터 그런 의도로 개발되었는지도 모른다. 물론 이것은 처음부터 끝까지 흉내 내기다. 그들이 인간과 기계 사이의 경계선은 남겨두어야 한다고 믿는다는 걸 나는 안다.

격납고에서 나오자 우리의 행로는 갈라진다. 로봇은 나보다 에이미를 설득하는 것이 더 효율적이라고 판단했나보다. 로봇은 일부러 해변으로 가는 길을 외면하는 에이미를 맞은편 언덕길로 이끈다. 그곳에는 새로 닦은 포장도로와 나무를 심은 공원처럼 보이지만 뭔가 다른 의도로 만들어진 게 분명한 공간이 있다.

나는 그들을 뒤로 한 채, 찰스 파젯의 테마로 쓰이는 랠프 본 윌리엄스의 멜로디를 흥얼거리며 해변으로 간다. 해변은 깔끔하게 정리되었지만 그곳에는 나와 아비딘이 남긴 연구 시설들이 아직 있다. 로봇들이 재활용하고 있는지 일부는 약간 개조된 모습이다. 나는 물속으로 이어지는 콘크리트길을 잠시 바라보다가 옆에 서 있는 상자 모양의 회색 창고에 다가가 문을 연다. 문은 잠겨 있지 않다. 이곳에서 누가 도둑을 걱정하겠는가.

창고 안은 이전과 마찬가지다. 완벽한 상태를 유지하는 제조기가 한가운데에 있고 벽에는 에이미가 크레용으로 크리스타벨의 바다를 그린 풍경화가 걸려 있다. 그림 속의 바다가 겨자씨에 있지 않다는 것은 하늘에 떠 있는 가스행성의 색과 모양을 보면 알 수

겨자씨

있다. 제럴딘은 티타니아와는 달리 푸른색이고 티타니아의 수십 배가 넘는 거대한 고리를 갖고 있다.

에이미의 그림 밑에서 우리는 최초의 어미 로봇들을 만들었다. 모두 겨자씨의 토착 생물들을 모방한 것들이었다. 우리는 전문가가 아니었다. 필요한 지식을 허겁지겁 주입하긴 했지만 그것만으로는 부족했다. 하늘에 크리스타벨의 야수들을 풀기 전에 우리는 겨자씨의 토착 생물들을 이용해 로봇들의 성능을 확인하고 기계에 대한 우리의 이해를 실험해보아야만 했다.

우리는 나중에 하늘에서 한 것과 거의 동일한 작업을 땅에서도 했다. 기초가 되는 양서 동물들 중 가장 기본이 되는 것을 골라 어미 역할을 하는 로봇을 만들었고 그 로봇에 태아들을 심어 바다로 보냈다. 로봇이 자기 임무를 충실하게 수행하자 우리는 생태계의 삼각형을 완성하기 위해 다른 포식 생물들의 어미 로봇들도 만들어 같은 곳에 풀었다. 우리의 실험은 성공적으로 보였다. 적어도 한동안은.

나는 창고에서 나온다. 한동안 머뭇거리던 나는 서쪽 해안선을 따라 걸어간다. 15분쯤 걷자 파도에 입구가 허물어진 동굴이 나온다.

아비딘이 죽은 곳이다.

우리는 하루가 지나서야 그의 시체를 발견했다. 처음에 나는 그의 실종을 대단하게 여기지 않았다. 그는 자기 일에 매달려 우리의 연락에 답하지 않는 경우가 잦았다. 하지만 그의 통신장치가 메시지를 저장하지 않자 우리는 걱정이 됐다. 나는 고래고래 고함을 질러대는 에이미를 집 안에 가두고 뛰쳐나와 해변을 뒤졌고, 동굴 안에서 우주복을 입은 채 갈가리 찢겨나간 아비딘의 시체를 발견했다.

처음에는 가끔 육지로 올라오는 토착 동물이 저지른 짓이라고 생각했다. 하지만 녀석들의 이와 촉수로는 아비딘이 입은 우주복을 뚫을 수 없다는 것을 깨달았다. 우주복을 입은 우리가 그들에게 먹이처럼 인식되지 않는다는 로봇들의 연구 결과도 떠올랐다. 아비딘은 무언가 다른 이유로 살해당한 것이다. 나는 로봇들의 도움을 받아 아비딘의 시체를 끌고 왔고 상처 자국에서 범인의 흔적을 찾아냈다.

범인은 우리가 잠시 바다곰이라고 불렀던 토착 동물의 어미 로봇이었다. 처음에는 이해가 되지 않았

겨자씨

다. 진상을 알아차린 건 로봇들이었다. 그들은 아비딘과 내가 한 설계와 계획을 검토하고 거기에서 치명적인 결함을 찾아냈다.

그들은 너무 똑똑했다.

우리는 단지 환경 적응 능력만을 심었다고 생각했지만 그 이상이었다. 어미는 새끼를 보호하기 위해 바닷속에서 싸우는 동안 자기만의 윤리 체계를 개발해냈고 그에 따라 세상의 모든 것들을 구분했다. 로봇이 보는 세계는 야수성이 지배하는 카오스가 아니었다. 그곳은 선과 악으로 갈려 있었다. 자신과 새끼들을 위한 모든 것은 선이었다. 그들을 괴롭히고 방해하는 모든 존재는 악이었다. 어미는 그 악에 증오심을 품었다.

드디어 나는 아비딘이 복수의 대상이 된 이유를 알수 있었다. 한동안 어미에게 나와 아비딘은 정신을 주고, 살아야 할 이유를 주고, 새끼들을 준 부모와 같은 존재였다. 그런데 그 부모와 같은 존재들이 갑자기 어미의 새끼들을 공격하는 포식자를 풀었던 것이다. 처음에 어미는 우리와 포식자들의 관계를 눈치채지 못했다. 하지만 포식자들을 이끄는 어미 로봇들을 발견하자 우리와 포식자들의 관계를 알아차렸다.

그것은 배신이었다. 지옥 밑바닥에 떨어져 마땅한 대죄.

로봇들과 나는 바다곰의 어미에게서 전송된 몇몇 정보들을 통해 어떻게 아비딘이 공격당했는지 어설 프게나마 재현할 수 있었다. 우리는 그 동굴이 어미가 만든 정교한 덫이라는 걸 알아냈다. 우리는 나중에 동굴에서 바다 생물의 시체를 찾아냈는데, 어미가 아비딘을 유혹하기 위해 물구덩이에 산 채로 가져온 것이었다. 우리는 어미가 아비딘의 고통을 최대한으로 연장시키기 위해 일부러 급소를 나중에 공격했다는 것도 알아냈다.

기계에는 기계의 장점이 있습니다.

나중에 로봇들이 말했다.

우리는 합목적적이고 능률적이고 정확합니다. 기계를 만들었다면 그 장점을 유지할 수 있도록 남겨두어야 했어요. 하지만 당신들은 그것이 목적도, 방향도 없는 자연을 모방하도록 방치했습니다. 이번에 일어난 사고는 언젠가 일어날 일이었던 겁니다. 그걸 정말 몰랐단 말입니까? 왜 우리들의 조언을 받지 않왔습니까.

그들의 말이 옳았다. 우리는 그때의 실수에서 얻은 교훈을 다음 어미를 만들 때 반영했다. 이제 우리는 그들과 접촉을 최소화하고 그들에게 불필요한 오해를 심어주지 않으려 한다. 크리스타벨의 생물들을 이끄는 어미들은 바다곰의 어미와는 달리 자신이 무슨 일을 하고 있는지 명확하게 인식하고 있다. 그들은 자신의 일에 최선을 다하지만 새끼들에게 감정을 품지는 않는다.

나는 주변을 돌아본다. 나는 그 뒤 바다곰 어미에게 무슨 일이 일어났는지 모른다. 아마 지금도 어딘가에서 살아있을지 모른다. 여전히 증오심을 품고 나와 에이미가 돌아올 날을 기다리고 있을지도 모른다. 지금도 이 동굴 어딘가에 숨어 얼굴 한가운데에 바퀴처럼 난 여덟 개의 유리 눈으로 나를 지켜보고 있는지도 모른다.

나는 동굴에서 달아난다. 동굴과 해변을 피해 언덕으로 뛰는 동안 나는 두 번 넘어진다. 우주복을 입고 마지막으로 달렸던 게 5년 전. 그동안 나는 해변의 대기저항과 모래밭에 어떻게 맞서야 하는지 잊어버렸다.

에이미와 로봇이 간신히 언덕으로 기어오른 나를 맞는다. 에이미의 얼굴은 지금 그 꼴로 도대체 뭐하는 거냐고 말하는 것 같다. 나는 가쁜 숨을 억누르며 손을 흔든다. 그녀에게 내 표정을 들키고 싶지 않은 나는 바다로 고개를 돌린다. 눈먼 동물들과 검은 물풀들을 머금은 거대한 물의 덩어리가 우리를 향해 으르렁거리고 있다.

9

우리는 해변에서 사흘을 보내고 다시 비행선에 오른다. 여전히 밤이다. 여명이 오려면 앞으로 반나절은 더 남았다. 구름 속은 조용하고 아무것도 보이지 않는다. 뭔가 있다고 해도 지금은 구경할 생각이 없다. 대신 우리는 선실 안에서 로봇의 계획에 대해 이야기를 나눈다. 우린 이미 그들의 말에 반쯤 넘어간 상태다. 슬슬 이 세계에 인간 아기들을 내보낼 때가 되긴 했다.

겨자씨

이야기가 중간에 맥을 잃고 흩어지자 나는 전에 보다만 연속극을 튼다.

〈시드니 그린리프와 붉은 손 살인자〉의 마지막 편이다. 7년 전에 전송된 이 연속극을 지금까지 한 다섯 번은 본 것 같다. 그린리프의 막판 추리로 파젯 주임 경위는 가까스로 살인자를 체포했다. 이제 그는 언제나처럼 천진난만한 얼굴로 왜 에드워드 윈더미어 경이 장인을 죽인 살인자인지를 설명하는 명탐정의 강의를 듣고 있다.

알겠습니까?

명탐정은 말한다.

이렇게 간단한 일은 없어요. 그냥 뺄셈입니다. 불가능한 일들을 다 떨어내면 사실만 남으니까요.

파젯 주임 경위는 머리를 긁적이며 묻는다.

하지만 말입니다. 불가능한 것들이 얼마나 남았는지 어떻게 알지요?

그러게 말이다.

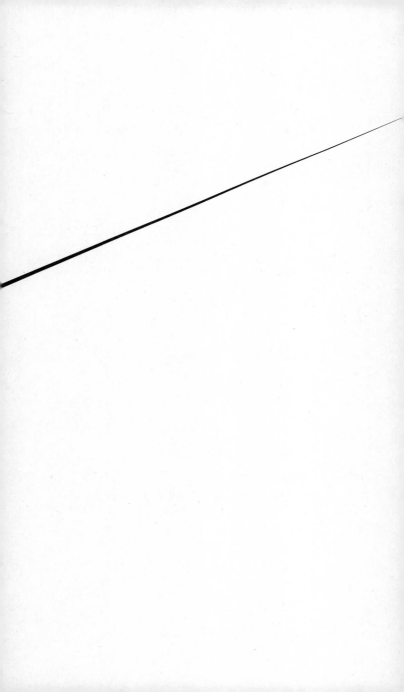

안개와 더러운 공기 속에서

1

외로운평원은 글루글로스가 남긴 회색 안개로 젖
어 있었다. 머나먼산에서 내려온 연보랏빛 바람이 안
개를 쓸고 지나가며 아직도 군데군데 남아 있는 가로
등의 잔해를 슬쩍슬쩍 드러냈다. 모두 목이 꺾여 있
었고 끄트머리의 발광체는 밀로그리드의 짐승들이
오래전에 핥아먹어 없었다. 멀쩡하게 남아 있는 문명
의 흔적은 누군가가 가로등 뿌리에 묶어 놓은 시카고
왕국의 깃발뿐이었다.

길잡이는 헬멧의 쌍안경으로 머나먼산의 꼭대기를
관찰했다. 한때 상앗빛으로 반짝였던 여왕의 성은 이
제 흑연처럼 검었다. 부러진 나무와 짓밟힌 바위의

271

잔해 한가운데에 엎드려 있는 뱀처럼 긴 성은 둔한 짐승처럼 느릿느릿 숨을 쉬고 있었고 그때마다 꼭대기의 창들은 검은 안개를 쏟아냈다.

날이 어두워졌다. 길잡이는 회중시계를 꺼내 시간을 확인했다. 다음 바퀴까지 아직 일곱 눈금 반이나 남아 있었다. 글루글로스에 가까워질수록 어둠은 눈에 뜨일 정도로 길어졌다.

"다섯 바퀴, 아니면 여섯 바퀴 정도 걸릴까?"

마법사가 말했다. 질문이 아니었다. 그녀는 이미 가방에서 꺼낸 측량기로 머나먼산과 그들 사이의 거리를 재고 있었다. 길잡이는 자존심이 상했다. 그녀도 그 정도 질문에는 얼마든지 답을 해줄 수 있었다. 하지만 마법사는 그녀의 고용주가 아니었다. 그녀는 세 번째 큰바퀴 전에 마법사와 함께 여행을 떠났던 다섯 명 중 유일한 생존자였고 어쩌다 보니 길잡이였을 뿐이었다. 마법사가 굳이 직업적 자존심을 세워주어야 할 이유는 없었다.

"가로등 길을 따라가면 두 바퀴 정도 절약할 수 있을 거야."

길잡이가 말했다.

"겨우 두 바퀴를 절약하려고 위험과 불편함을 뒤집어쓸 필요가 있을까?"

"밀로그리드의 짐승들은 오래전에 죽었어."

"당신도 저 안개 속을 세 바퀴 동안 걷고 싶지는 않을 거야."

길잡이는 포기했다. 마법사는 이미 계획을 다 세워두고 있었다. 처음에는 수백 장의 투명한 그림들이 겹쳐져 있는 것 같았던 마법사의 지도는 성에 가까워질수록 점점 선명해졌고 이제는 그냥 평범한 지도처럼 보였다. 다섯 바퀴가 흐르는 동안 이 지도에 새 그림을 덧입힐 변수가 나타날 가능성은 없었다. 여왕의 우주가 아무리 혼란스럽다고 해도 그 정도 원칙은 남아 있었다. 이 상황에서 다음 단계에 대해 가장 잘 알고 있는 건 그녀가 아니라 마법사였다.

아직도 완전히 미련을 못 버린 길잡이가 쌍안경으로 가로등 길을 관찰하는 동안, 마법사는 등에 짊어지고 있던 가방에서 작은 공을 꺼내 부풀렸다. 가방 안에서는 그녀의 주먹만 했던 것이 짧은 바퀴가 두 눈금을 건너갈 동안 연기처럼 부풀었고 곧 일곱 명은 넉넉하게 쉴 수 있는 크기의 검은 천막이 되었다.

273

안개와 더러운 공기 속에서

길잡이가 천막 안에 들어갔을 때, 마법사는 아까까지만 해도 지도였던 두루마리를 심각한 표정으로 노려보고 있었다. 테이블 위에 놓인 두루마리 위에서는 이제 초록색 글자들이 반짝거렸다. 시카고 왕국에서 통용되는 룬 문자가 아닌 로만 알파벳이었다. 단지 문장 첫 글자만 이상하게 변형되어 있었는데, 마법사는 그것을 대문자라고 불렀다.

왕국 안팎의 수많은 사람들이 마법사의 두루마리를 염탐하고 해독하려 시도했지만 어느 누구도 성공하지 못했다. 몇몇 단어들은 그들도 알고 있는 것이었다. 하지만 그 단어들이 모여 만들어진 문장들은 그들의 이해 범위를 넘어섰다. 두루마리는 그들이 살고 있는 세계와 전혀 다른 우주에 대해 이야기하고 있었고 그 우주에서는 다른 기준과 법칙이 적용되었다. 그리고 이 자그맣고 특별할 것 없어 보이는 여자가 보여준 능력은 모두 그 다른 우주의 법칙, 적어도 그 법칙에 대한 이해에서 나오는 것이 분명했다.

어느 해독자는 그것을 얼음의 마법이라고 했다. 모든 살아있는 것들을 시간 속에서 얼리고 자르는 마법. 마법사가 시카고 왕국에 가져온 첫 번째 선물도 바로 시계였다. 그때까지만 해도 왕국의 사람들은 불균질한 시간의 흐름 속에서 융통성을 발휘하며 살았고 그게 당연하다고 생각했다. 하지만 이 창백한 여자는 어둠과 빛이 교차하는 하루의 흐름과 상관없이 스스로 정확하게 흘러가는 또 다른 종류의 시간을 측정하는 기계를 가져왔다.

처음에 사람들은 이 기계를 이해하지 못했다. 간신히 이해한 뒤에도 어디다 써야 할지 몰랐다. 하지만 왕궁 로비 한가운데에 가만히 놓여 있기만 했던 그 동그란 기계는 순식간에 추종자들을 만들어냈고 추종자들은 기계의 쓰임새를 찾아냈다. 마법사는 그들에게 수많은 작은 시계들을 만들어주었고 정확하고 공통된 시계를 공유하게 된 시카고의 군인들은 곧 주변 국가들과의 전쟁에서 연달아 승리를 거두었다. 슬슬 얼음의 마법을 쓰는 마법사에 대한 무시무시한 소문이 퍼져나갔다.

사람들은 왜 마법사가 왕국과 오그덴 왕가를 돕는지 몰랐다. 시카고 왕국은 가장 힘 있는 나라도, 가장 정의로운 나라도 아니었다. 왕국이 마법사에게 줄 수 있는 것은 아무것도 없었다. 마법사에겐 주변 나라에

안개와 더러운 공기 속에서

대한 복수심이나 정치적인 야심도 없었다.

그녀는 그냥 게임을 하고 있는지도 몰랐다. 가장 놀기 좋았던 곳이 왕국의 북쪽 변방이었는지도 모른다. 시간을 얼리고 죽은 자들을 되살리고 날씨를 조종할 수 있다면 누구라도 그 능력을 쓰면서 즐기고 싶지 않겠는가.

마법사가 본색을 드러낸 건 마지막 북방 전쟁이 끝나고 왕국이 인간 세계의 3분의 1을 정복한 뒤였다. 예의상 마법사를 초대한 왕이 역시 예의상 원하는 것이 있느냐고 묻자 마법사는 기다렸다는 듯 이렇게 말했던 것이다.

"병사 5천 명만 주십시오. 머나먼산으로 가서 잠자는 여왕을 깨우고 오겠습니다."

사람들은 웅성거렸다. 그들 중 절반 이상은 마법사에게 정말 그럴 수 있는 능력이 있다고 믿었다. 하지만 왜 그래야 하는가? 잠자는 여왕의 전설이 진짜라고 해도 왕국의 영광이 절정에 달한 지금 굳이 글루글로스에게 시비를 걸어 문제를 일으켜야 하는가? 마법사야 자기만의 이유가 있겠지만 그 이유는 왕국의 이익과 아무 상관 없었다.

왕은 다르게 생각했다. 지금까지 시카고 왕국이 거둔 승리는 모두 마법사의 것이었다. 지금 여기서 멈춘다면 그 영광은 모두 저 여자에게 돌아간다. 왜 한 나라의 국왕인 내가 허수아비로 기억되어야 하는가. 나에게도 마법사가 준 마법의 무기와 도구들이 있지 않은가.

왕은 마법사를 남겨두고 1만 병사와 함께 국경을 넘어 머나먼산이 있는 북쪽을 향해 달려갔다.

그리고 다시 돌아오지 않았다.

마법사는 담담했다. 이 역시 계획의 일부였던 게 분명하다. 왕이 떠난 지 큰바퀴 하나가 지났을 때 그녀가 섭정에게 새로 요구한 건 5천의 군대가 아니었다. 그녀가 요구한 건 다섯 명의 동료였다. 뽑힌 사람들은 모두 각각의 능력이 있는 사람들이었지만 세 바퀴에 걸친 긴 여정 동안 마법사가 원했던 건 그들의 능력이 아니었음이 분명해졌다. 그들의 가치가 무엇이었는지는 아무도 몰랐다. 길잡이는 네 번째 동료가 밀로그리드의 짐승들에게 잡아먹혔을 때, 그녀가 서글픈 아이러니를 담아 "부스터"라고 말하는 걸 들었다. 하지만 그게 무슨 뜻인가.

안개와 더러운 공기 속에서

왕과 함께 글루글로스의 영토로 들어온 1만 병사들도 부스터였을까. 그들은 머나먼산으로 이어지는 길을 닦고 마법사의 지도를 그리기 위해 사라진 소모품이었을까.

여기까지 오는 동안 수많은 병사들의 시체와 그들이 남긴 죽음의 잔해들을 지나쳤다. 모든 것이 흐릿하고 유령 같은 글루글로스의 영토에서 그들은 한 번 죽고 사라질 수도 없었다. 수많은 가능성의 길 속에서 그들은 온갖 다른 방식으로 죽었으며 그 중첩되는 경험 속에서 또 죽었다. 1만 명의 죽음은 더해지고 곱해져서 수백, 수천만의 죽음이 되었다. 길은 그 수천만의 비명과 핏자국으로 시끄럽고 끈적거렸다.

왕의 시체는 보이지 않았다. 놓쳤을 수도 있었다. 하지만 시카고 왕국의 국민들은 모두 왕에 대한 예언을 알고 있었다. 죽은 어머니의 배를 가르고 태어났을 때 옆을 지키고 있던 예언자인가 하는 여자가 말했다지. "왕자님은 죽지 않을 것입니다." 왕국의 10분의 1 정도가 그 어처구니없는 말을 믿었다. 그리고 그중엔 왕 자신도 포함되어 있었다. 그가 마법사 없이 그 무모한 원정을 시도했던 것도 그 예언 때문이었다.

정말 아직까지 살아남았는지도 모르지. 가로등에 왕국의 깃발을 꽂은 게 왕인지도 모르지.

마법사는 두루마리를 접어 가방에 넣고 침낭 안으로 들어갔다. 길잡이는 자기 침낭 옆에 쪼그리고 앉아 두 바퀴 전에 길에서 주운 권총을 만지작거렸다. 마법사가 건 얼음의 마법이 풀려 총열이 휘고 공이가 뒤틀려 있었다. 이 권총의 주인은 이 아무 짝에도 쓸모없는 물건을 왜 지금까지 갖고 있었던 걸까. 기적적으로라도 마법이 다시 풀려 모든 것이 원래대로 돌아갈 거라 믿었던 걸까.

"당신이 온 세계 이야기를 다시 한번 들려줘, 마법사."

길잡이가 말했다.

"그 재미없는 이야기를 왜?"

마법사가 웅얼거렸다.

"아무리 생각해도 이해가 안 가니까. 어떻게 세상이 공 모양일 수가 있어?"

"중력 때문이야."

"여기도 중력이 있잖아. 그런데 왜 세상이 둥글지 않아?"

안개와 더러운 공기 속에서

"여긴 원래 그런 곳이니까."

"당신네 세계에선 커다란 불덩어리 주변을 둥근 돌들이 돈다고? 그 돌들 위에서 사람들이 산다고?"

"응."

"어디에 가면 그 돌덩어리를 볼 수 있어?"

"못 봐."

"당신은 거기서 여기로 왔잖아. 왜 나는 당신네 세계로 못 가는 거야?"

"정확하게 말하면 난 그 세계에서 온 게 아니야. 그 세계에서 여기로 온 꿈을 꾸는 거지. 나는 지금 꿈을 꾸고 있어."

"그럼 당신은 신이야? 이 모든 게 당신의 꿈이야?"

"정확히 말하면 내 꿈은 아니지. 나는 다른 누군가의 꿈속에 있어. 그 안에 들어가려면 나 역시 꿈을 꾸어야 하지."

"이해가 안 돼."

"그런 걸 해서 뭐해?"

"내가 몰라도 되는 건 나 역시 부스터이기 때문이야?"

마법사는 침낭에서 고개를 삐죽 내밀었다. 졸린 눈

으로 길잡이를 잠시 응시하던 그녀는 고개를 흔들었다.

"아니야, 당신은 부스터가 아니야."

2

인간들은 글루글로스의 흉측함을 표현하는 수많은 단어들을 갖고 있었다. 시카고의 사전 편찬자들은 책 속의 글자들을 잡아먹는 망각의 괴물과 필사적으로 싸우면서 그 단어들을 끊임없이 재발굴하고 새로 만들어 "글루글로스" 단어 항목을 채웠다. 그들 중 절반은 사전 밖으로 나가 욕설로 사용되었다. 시카고 왕국에서 사용되는 가장 음란하고 흉악하고 천박한 것들은 모두 글루글로스에서 나왔다.

그중에는 글루글로스의 냄새를 표현하는 두 음절의 단어도 있었다. 가장 천박한 소리가 나는 가장 혐오스러운 욕이었다. 너무나 의미가 지독했기 때문에 상대방을 찔러 죽일 각오를 하지 않고서는 이 욕을 감히 꺼낼 수도 없었다.

안개와 더러운 공기 속에서

하지만 지금 길잡이가 맡는 냄새는 악취가 아니었다. 결코 좋은 냄새는 아니었지만 괴물과 연결되는 동물적인 신호는 전혀 감지되지 않았다. 냄새는 단정했고 회색이었다. 짐승의 체취보다는 돌이나 금속의 냄새에 가까웠다. 느린 리듬을 타고 꿈틀거리는 돌의 냄새.

글루글로스에 대한 수많은 이야기들이 인간 세계에 떠돌았다. 그 이야기는 글루글로스의 정체를 아는 데에 전혀 도움이 안 되었다. 어느 이야기 속에서 글루글로스는 어린아이들을 잡아먹는 여섯 발 달린 회색 괴물이었다. 다른 이야기 속에서 글루글로스는 한 번 마시면 미쳐 날뛰게 되는 검은 연기였다. 누군가는 글루글로스가 보고 있으면 눈이 멀고 정신이 시들어버리는 악몽 자체라고 했고, 누군가는 글루글로스가 순수한 무無의 구멍이라고 했다. 글루글로스에 대한 이야기들은 글루글로스보다 이야기꾼 자신에 대해 더 많은 걸 알려주었다.

머나먼산을 코앞에 두고 있는데도 길잡이는 글루글로스의 정체에 대해 아무것도 말할 수 없었다. 마법사와 글루글로스는 일곱 차례의 전투를 치렀다. 두 번째 바퀴 때 벌어진 세 번째 전투에서는 중간에 둘 사이에 떨어진 길잡이의 왼팔이 어깨뼈 일부와 함께 잘려나가기도 했다. 하지만 모험을 기억해서 왕국 사람들에게 들려주기 위해 시구를 지으려는 길잡이의 시도는 계속 좌절되었다. 지금까지 내가 본 것이 무엇이었나. 바람과 바람의 싸움. 보이지 않는 힘이 일으키는 소용돌이 이상도 이하도 아니지 않았는가. 도대체 글루글로스는 어디에 있었는가. 그것은 무엇이었는가. 내가 그걸 보긴 했던가.

길잡이는 새 왼손 엄지손가락을 까딱거렸다. 마법사가 새로 달아준 팔과 손은, 기능은 멀쩡했지만 흐린 물처럼 투명해서 안의 뼈와 핏줄이 다 보일 정도였고 가끔 바늘로 찌르는 것처럼 손가락 끝이 쿡쿡 쑤셨다. 통증이 멎자 길잡이는 다시 마법사의 뒤를 따라 달렸다.

마법사는 몇십 눈금째 지팡이를 휘두르며 달리고 있었다. 달리면서 그녀는 계속 길잡이가 모르는 고대의 언어로 외쳤다. 그 언어는 무겁고 둔중했으며 인간의 혀로서는 낼 수 없는 이상한 소리를 품고 있었다. 그 소리는 번뜩이는 색을 갖고 있었고 휘몰아치

안개와 더러운 공기 속에서

는 바람과 같은 모양도 갖고 있었다. 성으로 달아나면서 글루글로스는 가끔 화답처럼 들리는 소리를 내질렀는데, 길잡이의 귀에는 그 둘이 같은 언어처럼 들리지 않았지만 마법사는 이해하는 것처럼 보였다.

그들은 여왕의 성까지 천 보 정도를 남겨놓고 있었다. 이제 공기는 바닷물처럼 진하고 탁했다. 길잡이가 마법사를 부르자 그 목소리는 늙은 영감처럼 밑으로 깔렸다. 마법사가 손가락을 튕겨 딱 소리를 냈다. 두 사람 주변의 공기가 물러갔고 둘의 목소리는 다시 원래대로 돌아왔다.

"글루글로스! 이제 모든 게 끝났어!"

마법사가 인간의 언어로 외쳤다.

"더 이상 남은 시간이 없다는 건 너도 알아! 왜 아직도 포기하지 못하는 거야!"

으르렁거리는 소리와 함께 산이 흔들렸다. 휘청거리다가 넘어질 뻔한 길잡이는 옆에 박혀 있는 낫 모양의 죽은 나무줄기를 잡았다. 이곳에서는 나무도 모양이 이상했다.

이것들이 나무이긴 한 건지도 알 수 없었다. 글루글로스의 영토는 모든 것이 잘못되어 있었고 계속 더 잘못되어가고 있었다. 심지어 밀로그리드의 짐승들도 더 이상 이 변화를 견뎌내지 못했다. 글루글로스는 주변의 모든 정상성과 생명력을 빨아들이고 있었다. 주변 모든 것들은 죽고 비틀린 그림자로만, 오로지 괴물의 유령으로만 존재했다. 나무, 돌, 공기, 물…. 그들 가운데에서 살아있는 것처럼 꿈틀거리고 있는 여왕의 성도 예외가 아니었다.

마법사는 고대의 주문을 외웠고 다시 한번 마법의 광풍이 불었다. 글루글로스는 비명을 질렀고 성을 둘러싼 보라색 공기는 점점 투명해졌다.

성 앞에 도착한 마법사가 휘파람을 짧게 불자 곧 성문이 열렸다. 마법사는 의심스러운 듯 얼굴을 찡그리며 길잡이에게 손짓을 했다.

"따라와, 보즈웰."

호레이쇼, 왓슨과 마찬가지로 보즈웰도 그녀의 이름이 아니었지만 길잡이는 말없이 마법사의 뒤를 따랐다.

성 안은 괴물의 목구멍처럼 축축하고 질척거렸다. 계단은 진흙처럼 허물어져 울퉁불퉁한 경사면으로 변해 있었다. 한 걸음 옮길 때마다 발목까지 흙 속으

안개와 더러운 공기 속에서

로 빠졌고, 손가락으로 벽을 만지면 젖은 모래처럼 쑥 들어갔다. 성이 아직도 온전한 모습으로 서 있는 것 자체가 신기할 지경이었다.

그들이 아홉 번째 층에 도착했을 때 난간 구석에 숨어 있던 무언가가 튀어나왔다. 그것은 뒤에서 길잡이의 허리를 감싸 안고 뒤로 물러났다. 그것은 녹슨 칼을 그녀의 목에 가져가더니 낮고 쉰 목소리로 으르렁거렸다. 마법사는 지팡이를 바닥에 떨구고 조용히 손바닥이 보이게 양손을 들었다.

"길잡이를 놔줘."

"너는 나에게 영원한 영광을 약속했다!"

괴물이 외쳤다.

"아니야. 난 아무에게도 그런 걸 약속한 적 없어. 다른 예언과 헛갈린 거야."

"그 여자! 너! 왜 내가 여자의 예언을 믿었던가!"

괴물은 칼을 치켜들었다. 하지만 길잡이의 목에 닿기 직전에 마법사가 검지로 허공을 휘저었고 칼은 그 순간 한 줌의 녹 가루가 되어 공기 속으로 흩어졌다. 괴물의 팔이 길잡이의 허리를 풀었고 그는 흐느끼며 주저앉았다.

길잡이는 고개를 돌려 밑을 내려다보았다. 얼마 전까지만 해도 시카고의 위대한 군주였던 말콤 오그덴이 더러운 털덩어리가 되어 꿈틀거리고 있었다. 사람처럼 보이는 건 그의 양손과 얼굴의 일부밖에 없었다. 나머지는 쓰레기였다. 여러 짐승의 몸 일부를 조금씩 닮았지만 모두 썩어버려 원래의 형체를 잃은 조각들이 대충 이어져 있었다.

"당신이 들었던 예언 중 거짓은 없었어."

마법사가 말했다.

"당신은 영광 대신 공포를 봤어야 했어. 왜 '죽지 않는다'라는 말을 두려워하지 않았지? 왜 그 의미를 캐고 숨으려 하지 않았지?"

왕은 비명을 지르며 마법사에게 달려들었다. 마법사는 지팡이를 들어 허공에 뜬 왕을 후려쳤다. 왕은 계단으로 떨어져 아래로 굴렀다. 여덟 번째 계단에서 멈춘 왕은 포기하지 않고 다시 네 발로 기어올랐다.

"나는 안다."

왕이 말했다.

"'죽지 않는다는 것'의 의미가 무엇인지 나는 이제 안다. 죽음은 오로지 시간 속에서만 이루어진다. 시

안개와 더러운 공기 속에서

간이 죽으면 모든 죽음은 죽는다. 글루글로스가 가르
쳐주었다! 글루글로스가 너의 음모를 안다!"

"글루글로스에게도 더 이상 시간은 남지 않았어."

왕은 다시 뛰어올랐지만 부러진 두 다리 때문에 그
자리에 엎어져버렸다. 왕은 울었고 마법사는 더 이상
그를 돌아보지도 않았다. 그녀는 다시 계단을 올랐고
길잡이는 시에 기록할 왕의 말을 또박또박 암송하며
뒤를 따랐다.

꼭대기인 13층은 보라색 안개로 채워져 있었다. 하
지만 시야를 가릴 정도는 아니었으며 그마저도 점점
옅어지고 있었다.

방은 거대했다. 무도회장처럼 넓었고 교회처럼 높
았다. 실제 넓이만큼 방이 커 보이지 않은 건 방 안의
모든 것들이 거대했기 때문이었다. 문, 의자, 테이블,
침대, 창문 모두 거대했다. 이곳은 거인들을 위한 아
늑한 침실이었다.

사방에서 바스락거리는 소리가 났다. 성 주변의 말
라붙은 나뭇가지들이 앙상한 팔처럼 창문을 통해 안
으로 들어오고 있었다. 그것들은 방 한가운데에 있는
침대로 향했지만 마법사가 발로 밟고 주문을 외우자

곧 가루가 되어 바닥에 흩어져버렸다.

마법사는 가방에서 투명한 판자를 꺼내 던졌다. 판자는 수십 겹으로 접혔던 리본처럼 풀어지면서 계단 모양이 되어 침대에 걸쳐졌다. 마법사와 길잡이는 그 계단을 타고 침대 위로 올라갔다.

여왕은 거대했다. 이끼를 뒤집어쓴 바위 같았다. 가볍게 풀린 채 침대에 놓여 있는 검은 손만 해도 길잡이의 키 절반은 되는 것 같았다. 두 사람은 여왕의 팔을 타고 거대한 가슴 위로 올라갔다. 여왕의 잠든 얼굴이 보였다. 초록 베일처럼 생긴 얇은 막이 얼굴과 목을 덮고 있었다.

그리고 글루글로스가 그녀의 머리맡에 앉아 있었다.

얼마 전까지 땅 전체를 덮고 있던 괴물은 이제 아주 작고 연약해 보였다. 조금 큰 말 정도 되었을까. 여섯 개의 가는 다리와 코끝에 달린 끝이 부러진 뿔로는 아무것도 할 수 없어 보였다. 그림으로 그렸다면 여전히 무서웠겠지만 모습을 구별할 수 있는 것만으로도 이전의 공포를 불러일으킬 힘을 잃은 것이나 마찬가지였다. 이제 그것은 그냥 커다란 짐승에 불과했다.

안개와 더러운 공기 속에서

글루글로스는 말을 했고 마법사는 대답을 했다. 그들이 사용한 고대의 언어는 뜻을 알아들을 수 없었지만 평범하고 사무적으로 들렸다. 결코 인간이 가진 욕의 절반을 책임지는 전설의 괴물과 나눌 법한 대화가 아니었다. 그리고 그 대화가 끝나자 글루글로스는 네 개의 눈을 감았다. 서너 번의 얕은 숨을 쉰 괴물은 조용히 죽었다.

마법사는 가방에서 네 개의 칼을 꺼냈다. 그중 두 개를 챙긴 그녀는 나머지 두 개를 길잡이에게 던졌다.

"시간이 얼마 없어. 당신 도움이 필요해. 내가 여왕의 관자놀이 양쪽을 칼로 찌를 테니 당신은 발 쪽으로 가서…."

길잡이는 두 발짝 물러났다. 칼들은 여왕의 가슴골 사이로 떨어졌다.

"싫어."

"왜?"

"난 당신의 부스터가 아니니까. 이유를 들려줘. 왜 여왕을 깨워야 하는데? 전설이나 예언에 나오는 영광 때문은 아니지?"

"네 말이 맞아."

"그럼 왜 그러는데? 정말 왕이 말한 것처럼 여왕이 깨어나면 시간이 죽어?"

"맞아."

"왜 넌 시간을 죽이려고 하는 거야?"

"그것만이 죽음을 막을 수 있으니까."

"하지만 시간이 죽으면 삶도 죽어!"

"아냐, 네가 오해하고 있는 거야. 내가 막으려는 죽음은 너희들의 죽음이 아니야. 여왕의 죽음이지. 지금 깨우지 않으면 여왕은 죽어. 난 무슨 일이 있어도 여왕을 깨워야 해. 그러려고 여기 온 거야. 그러려고 몇백 큰바퀴 동안 여기서 그 고생을 했던 거라고."

"여왕이 깨어나 우리 삶이 끝나도?"

"어쩔 수 없어. 여왕이 죽으면 어차피 너희들 시간도 끝나."

"설명해줘. 내가 무슨 일을 하는지도 모르고 당신을 도울 수는 없어."

마법사는 잠시 눈을 감고 생각에 잠겼다. 다시 눈을 뜬 그녀는 가슴 쪽으로 걸어와 옆에 앉았다.

"내가 살던 우주 이야기 기억해? 불덩어리 주변을 도는 둥근 돌들?"

"응."

"우리 우주엔 그런 게 한둘이 아니야. 그런 것들이 2천억 개가 모여 거대한 소용돌이가 되어 돌고 있어. 그런 소용돌이들이 무한하게 많아. 그것이 우리 우주야. 우리 우주의 삶은 아름답지만 고통스러워. 단순 명쾌하지만 기적을 허용하지 않지. 그래서 우리는 우리의 달에, 그러니까 우리가 사는 둥근 돌을 도는 또 다른 돌에 그 위를 덮는 거대한 꿈꾸는 기계를 만들어서 그 꿈속으로 들어갔어. 이해가 돼?"

"계속해."

"우린 기계를 만들어야만 우리가 살아갈 수 있는 꿈을 만들어낼 수 있었어. 하지만 우리가 사는 우주는 아주 넓고 어떤 곳에서 그런 거대한 꿈을 꾸는 존재는 저절로 태어나. 어떤 것은 둥근 돌 위에서 태어나기도 하고 어떤 것은 불덩어리의 표면에서 태어나기도 하지.

우린 80년 전에 우리가 사는 곳에서 250광년 떨어진 곳에 있는 항성, 별, 그러니까 그 불덩어리의 표면 전체를 덮고 있는 꿈꾸는 존재를 찾아냈어. 여기서 1년이란 1.2 큰바퀴에 대응하는 시간이고 광년이란 그 시간 동안 빛이 가는 길이를 의미해. 그리고 그 존재는 플라즈마라는 물질로 이루어진…. 아, 이건 당신에게 설명할 수 있는 방법이 없어. 당신은 이온화도, 전하도, 전자기장도, 디바이 차폐도, 말라키 균형도 모르니까. 당신이 모르는 단어와 개념으로 이루어진 존재야. 우린 그걸 그냥 벨라트릭스 플라즈마 의식체라고 불렀고 지금은 그냥 벨라트릭스 여왕이라고 불러. 여기서 벨라트릭스는 그 존재가 살고 있는 불덩어리의 이름이야.

벨라트릭스 여왕은 지금까지 몇백만 년 동안 존재하면서 사방에서 날아오는 신호들을 잡아 우주를 연구했어. 빛은 우주에 비하면 아주 느리기 때문에 수억 년 전에 태어났다가 사라진 존재가 남긴 신호 역시 잡아낼 수 있었지. 여왕은 그 모든 것들을 잡아내기억에 담았어.

우린 당연히 여왕과 대화를 나누고 싶었어. 여왕은 우리가 우주 다른 곳에서 처음으로 찾아낸 지성을 가진 존재였으니까. 여왕은 우리가 모르는 우주의 역사를 알고 있었으니까. 우린 공간을 접어 빛보다 빨리 움직일 수 있는 꿈꾸는 기계를 만들었고 그걸 타고

안개와 더러운 공기 속에서

벨라트릭스까지 왔어.

그런데 우리가 도착하기 직전에 이해할 수 없는 일이 일어났어. 여왕이 잠에 빠진 거야.

잠을 자는 존재는 꿈을 꿔. 그리고 여왕의 꿈은 지금까지 그 존재가 기억에 담아두었던 모든 것들이 멋대로 날뛰는 거대한 연극 무대가 됐어. 각기 다른 시대에서 날아온 2800개가 넘는 문명들이 각자의 노래를 부르고 대사를 읊으며 싸우고 사랑하고 절망하고 죽어가고 태어났어. 꿈이 시작된 건 기껏해야 7년 전이었지만 겹겹으로 쌓인 꿈속에서 시간은 제각각 다른 속도로 흘렀고 너희들 인간들이 사는 곳에서 시간은 8200배 빨랐지.

꿈꾸는 기계는 이 세계에 학자들을 파견했어. 우리는 기계의 꿈속에서 별의 꿈속으로 들어갔어. 그리고 이 세상을 여행하며 모든 정보들을 수집했지. 그냥 이러면서 연구만 했어도 좋았을 거야. 이 세계는 충분히 복잡하고 아름다웠으니까…"

"잠깐. 그렇다면 우린 당신들의 꿈인 거야?"

"여기서 스스로를 인간이라고 부르는 존재들은 모두 우리 지구인들이 겪고 꿈꾸었던 이야기를 재료로

한 꿈이야. 시카고 왕국, 페로 공화국, 살리에리 수도
단, 파리 공동체, 카히날리이 바다제국 모두."

"글루글로스는?"

"글루글로스의 절반은 5500만 년 전 처녀자리A 은
하라는 곳에 존재했던 문명의 꿈속에서 태어났어. 나
머지 절반은 12만 년 전 안드로메다은하라는 곳에서
존재했던 문명의 꿈속에서 태어났고. 둘은 2천 년 전
에 만나 교접하고 섞여 하나가 됐지. 밀로그리드의
짐승들과 그 주인들은 더 먼 곳에서 왔는데 우린 아
직 그곳이 어디인지 몰라. 아마 여왕도 모를 거야."

"우리 모두 꿈의 꿈의 꿈이란 말이야?"

"너희 시인들 중에도 그런 노래를 부른 사람들이
있었잖아. 너도 그 노래들을 알고 있어.

중요한 건 그게 아니야. 여왕은 깨어 있는 동안 살
고 있는 항성 표면의 환경을 통제했어. 초거성의 표
면은 극도로 불안한 곳이기 때문에 그건 꼭 필요한
일이었지. 그리고 그동안 통제에서 풀려난 표면의 환
경은 점점 꿈틀거리기 시작했어. 이대로 있다간 여왕
은 죽고 말아.

우린 어떻게든 이 꿈속 세계를 보존하면서 여왕을

깨울 수 있는 방법을 알아봤어. 하지만 헛수고였어. 여왕은 지금 당장 깨어나야만 해. 그러지 않으면 곧 불타 사라져버릴 거야. 잠자는 여왕에 대한 페로 공화국의 전설은 우리가 만들어낸 것이었어. 그것을 통해 만들어낸 상징, 그리고 우리가 만들어낸 전설로 가는 여정을 통해 여왕의 의식을 자극하고 깨울 생각이었지. 여긴 우리가 그 목적을 위해 3천 년 전에 만든 곳이야. 그리고 당신은 여왕에게 이야기를 들려줄 이야기꾼으로 선택되었어. 당신은 부스터가 아니라고 그랬지? 당신이 지금까지 보고 들으며 머릿속으로 지어온 모든 이야기야말로 우리 모험의 목표였어. 여왕은 꿈속에서 당신의 노래를 듣고 있었어. 지난 몇 년 동안 나와 내 동료들이 한 일이 그거였어. 당신의 노래를 잠든 여왕의 의식 속에 불어넣는 것."

"하지만 우리는?"

"여왕은 당신들을 기억할 거야."

"하지만 그렇다고 우리가 사는 것이 아니잖아!"

"맞아. 이 세계의 꿈은 이제 끝이야."

"다른 방법이 있을 거야. 우리가 생각해낼 수 있어. 지금까지 우리가 이룬 것을 봐. 우리에게 당신이 아는 모든 것들을 가르쳐줘. 그러면 8200배 빠른 시간 속에서 우리가 무언가를 알아낼 수 있지 않을까?"

"달라지는 건 없어. 여왕의 꿈속에서는 과학에 필수적인 정밀함이 유지될 수 없어. 몇천 년이 지나도 남은 건 혼란스러운 꿈뿐이야. 시간은 충분히 줄 테니 생각해봐. 하지만 답은 하나야. 여왕이 죽으면 당신들도 죽어. 여왕이 살면 적어도 당신들을 기억할 거야."

길잡이는 베일에 덮인 여왕의 턱을 응시하며 생각에 잠겼다. 한참을 가만히 서 있던 그녀는 고개를 저었다.

"당신이 나를 기억해줘."

"내 기억은 여왕의 것에 비하면 하찮고 가벼워."

"여왕이 무엇을 기억하건 상관없어. 당신이 나를 기억해줘. 시카고에서 여기까지 오는 동안 나에게 일어났던 모든 일들, 내가 지은 모든 노래들을 당신이 기억해줘. 필라델피아의 호수 괴물과 함께 헤엄쳤던 일, 목수가 들려주었던 그 따분하고 음란한 농담들, 오름자루에서 우리가 나누어 먹었던 그 끔찍한 열매의 맛, 당신이 이슬라레오나의 요정들과 협정을 맺으

297

안개와 더러운 공기 속에서

러 갔을 때 나와 궁수와 예언자가 천둥의 골짜기에서 밀로그리드의 짐승들과 싸웠던 일들까지 모두."

"기억할게."

마법사가 떨리는 목소리로 대답했다.

길잡이는 마법사를 꽉 끌어안았다. 잠시 친구의 온기 속에서 천천히 체취를 들이마시던 그녀는 터져 나오는 울음을 억지로 참고 뒤로 물러나 바닥에 떨어진 칼 두 개를 주워들었다.

"어떻게 해야 하는지 말해줘."

길잡이가 말했다.

3

은하탐사력 328.3765년 0.7594시, 마르지에 파라디의 의식은 6만 7539명의 동료들과 함께 벨라트릭스 주변을 돌고 있던 항성간 탐사선 니오룬의 가상현실 속 정원으로 돌아왔다. 지난 8개월 동안 자신을 투영했던 가상 육체의 영향에서 벗어나자 그동안 정신을 지배한 가상 감정의 흔적들도 서서히 사라져갔다.

그녀는 울음을 멈추었고 호흡을 가다듬었다.

기억을 메인컴퓨터에 복사하는 동안 마르지에는 허공에 창을 띄우고 벨라트릭스를 관찰했다. 항성 표면은 이전의 평온함을 되찾아갔다. 정상적인 항성의 표면에서는 절대로 존재할 수 없는 수학적 도형의 이미지들이 그 표면 위에 나타나고 있었다. 도형들은 춤을 추고 얽히면서 복잡한 문양을 만들어냈고 그 문양들은 모여서 거대한 물결을 이루었다. 그와 함께 다섯 명의 여자 목소리가 어우러진 느릿느릿한 오페라 아리아와 같은 노래가 정원에 흘러들어왔다.

여왕이 깨어나고 있었다.

안개와 더러운 공기 속에서

완성되지 않을 이야기들에 관하여

지금까지 이 업계 일을 해오면서 꽤 많은 이야기들을 만들었는데, 그중 상당수는 끝을 내지 못했다. 가장 큰 이유는 게을렀기 때문이고, 그다음은 아이디어가 생각만큼 단단하지 못했기 때문이다.

전자의 경우는 적절한 조건을 주면 살아날 수 있다. 하이텔 시절 나는 "천 척의 배"라는 제목으로 외계인 아이를 입양한 지구인들에 대한 이야기를 쓰다가 포기했었다. 생각해보니 정말 어처구니없는 조건이었다. 돈도 안 주고 마감도 안 정해주었으면서 그냥 게시판 하나 던져주고 쓰라고 하니 당연히 의욕이 안 생기지! 20년 동안 굴러다니던 그 이야기는 얼마 전에 완성을 보았다. 원고료와 마감의 힘이다.

그렇기 때문에 나는 내 여러 미완성작들 상당수에 아직 희망을 걸고 있다. 충분한 돈과 마감일이 주어지면 웬만한 게으름은 이길 수 있다. 완성되는 이야기의 질까지는 보장하지 못하겠지만.

문제는 후자다. 글을 쓰기 시작했을 때 이 아이디어가 이야기를 충분히 개화시킬 수 있는지 어떻게 아는가? 단편이라면 포기하고 새로 시작할 수 있지만 중장편을 쓰다가 아이디어의 바닥이 보이면 그때부터 지옥문이 열린다.

내가 절대로 완성시키지 못할 것 같은 이야기 중 몇 개를 소개한다. 원래 이런 건 그냥 묻어두고 없는 척해야 한다. 하지만 오늘은 이 이야기들에게도 기회를 주고 싶다. 누가 알겠는가. 입양하고 싶은 이야기꾼들이 있을지.

제목을 붙이지 않은 아주 초기작이 하나 있다. 모두 두 글자 한자 이름을 쓰는 신성은하제국이 무대다. 이들은 은하계를 정복하고 거대한 웜홀을 만들어 다른 은하계로 진출하려 하는데 이게 잘 안 풀린다. 몇만 년 동안 잘 써먹었던 지식이 은하계로 넘어갈 때는 안 먹힌다. 이건 있을 수 없는 일이다. 자연에 대한 그들의 지식은 신성한 것이라 틀릴 리가 없다. 그런데 수상쩍은 이교 집단이 제국에서 활동하고 있다는 소문이 들린다. 그리고 그 집단이 숭상하는 것은 과학이라는 방법론이다. 과학? 그게 뭐하는 건데?

이 이야기는 아직 내가 학교에 다닐 때 나왔는데, 그때 나는 토론 상대방에게 과학과 기술은 인접해 있지만 전혀 다른 행위라는 사실을 설명하려 했다. 은하제국을 운영할 만한 기술력을 갖고 있지만 과학이 뭔지도 모르는 사회도 가능한 것이다. 이를 증명하기 위해 이 아이디어를 만들어낸 것인데, 솔직히 읽을 만한 이야기가 되기엔 모든 게 너무 나이브했다. 그런데 나는 이게 〈스타워즈〉 우주에 대한 꽤 그럴싸한 설명이 될 수도 있다고 믿는다.

스베덴보리의 영향을 조금 받은 종교 주제 판타지를 하나 쓰려고 한 적 있다. 사람들이 죽으면 그들은 모두 지옥에 떨어진다. 지옥은 살아있는 사람들의 생생한 욕망과 상상력을 통해 완성되지만 어느 누구도 천국을 제대로 그려내지 못하기 때문이다. 지옥에 떨어진 사람들은 자기가 죽은지도 모른 채 고통스럽게 살아가다가 또 죽는다. 자신이 죽은지 모르기 때문에 지옥에서도 다시 죽을 수밖에 없다는 게 아이디어였는데, 왜 이걸 재미있다고 생각했는지 잘 모르겠다. 하여간 다시 죽은 자들은 영원히 밑으로 떨어진다. 이들을 받아주는 두 번째 지옥 따위는 없기 때문에. 미완성 원고를 다시 읽어보았는데, 내용에 비해 너무 길었고 지금의 요약으로 충분한 것 같다.

다음은 나름 대작이었고 심지어 모 PC 잡지에 연재도 되었다. 제목도 있었다. "얼음의 아이들".

어느 우주선이 오래전 지구와 연결이 끊긴 식민지 행성을 발견한다. 식민지 사람들은 승무원들을 환대하지만 이들에겐 수상쩍은 구석이 하나 있다. 도대체 여자들은 어디에 있는가? 얼마 되지 않아 이들은 식민지 사람들의 공격을 받고 여자 한 명만 살아남는다.

이 식민지에서는 지구와 연결이 끊어지고 여자들이 모두 죽자 남자들만의 세계를 건설했다. 여자들을 만들지 않음으로써 지구인들 사이의 불필요한 갈등을 제거한 것이다. 대신 이들은 태양계의 토착 동물 하나를 골라 인간 여자와 비슷한 모습으로 개조하고 성적으로 착취한다. 여기에 나는 주인공 한 명을 더 만들어 넣었는데, 이 남자는 식민지의 장교로 철학자인 스승과 동성애 관계이다. 그리고 이 행성에서 동성애는 처벌 대상이다. 오로지 원주민을 강간하는 것만이 정상적인 성행위로 여겨진다. 아, 말이 나왔으니 하는 말인데, 이들이 강간하는 원주민은 암컷이 아니다. 그들에겐 성의 구분이 없다.

당연히 원주민들은 혁명을 일으키려고 하고 이 세계에 불만을 가진 다른 지구인들이 여기에 가세한다. 이 태양계의 유일한 '진짜 여자'인 주인공 1번은 얼떨결에 혁명의 중심에 서게 된다. 물론 '여자'는 융통성 있는 개념으로, 혁명과 반혁명 세력 모두 각자 해석하는 방식이 다르다.

괜찮은 아이디어였다. 내 기준으로는 꽤 전투적인 페미니스트 이야기이기도 했다. 독자들은 맘에 안 들었을 것이다. 연재 중단 요청이 들어온 걸 보면. 1990년대 독자들에게 이 이야기가 어떻게 느껴졌을지 생각해보면 웃음이 나온다.

완성할 수 있느냐고? 그러려면 처음부터 다시 써야 할 것이다. 지금 보면 걸리는 게 너무 많다. 그리고 20여 년의 세월이 흐르는 동안 나는 많이 다른 종

완성되지 않을 이야기들에 관하여

류의 이야기꾼이 되었다. 지금의 내가 아이러니를 섞지 않고 진지한 어조로 완성할 수 있는 이야기가 아니다. 혹시 대신 이 이야기를 쓰고 싶다면 연락주시기 바란다.

"앨리스와 거티"라는 단편을 쓰려고 한 적이 있다. 거티라는 고양이를 길에서 주워 키우던 만화가 주인공은 새로 앨리스라는 고양이를 입양한다. 거티는 몇 년 뒤에 죽는다. 그런데 이상한 일이 일어난다. 앨리스는 여전히 거티가 살아있는 것처럼 행동한다. 그렇다면 거티의 유령이 아직 집에 떠돌고 앨리스 눈에는 그 유령이 보이는 것인가?

이 아이디어를 포기한 이유는 간단했다. 잠시 중간에 이야기가 끊어져 있는 동안 집에서 진짜 고양이 두 마리를 키우게 된 것이다. 그리고 진짜 고양이들은 내가 상상했던 동물과 많이 달랐다. 상상 속 고양이들과 진짜 고양이들이 머릿속에서 충돌했고 결국 이야기는 산산조각이 나고 말았다.

장편 《용의 이》의 아이디어를 다듬는 동안 그 전편이라고 할 수 있는 이야기를 쓴 적 있었다. 은퇴한 늙은 남자 판사가 초능력을 가진 여자아이의 보호자가 된다는 이야기였다. 이 이야기가 중단된 이유는 단 하나. 여성영화제에서 보았던 〈헤자르〉라는 터키 영화와 점점 닮아가고 있었다. 그 영화에서는 은퇴한 터키 남자 판사가 경찰의 학살에서 살아남은 쿠르드 여자아이의 보호자가 된다. 포기한 나는 완성된 부분만 떼어내서 모 어린이 잡지에 소설 이어쓰기의 도입부로 제공했다. 이 이야기가 독자들에 의해 어떻게 흘러갔는지는 확인하지 못했다.

연작 단편집인 《아직은 신이 아니야》를 위해 만들기 시작했지만 완성하지 못한 이야기가 세 편 있다. 하나는 같은 우주를 배경으로 하는 장편 《민트의 세계》가 되었다. 다른 하나는 서아프리카의 몇몇 국가에서 일어난 초능력 경제의 부흥과 그에 따른 갈등을 그린 이야기였는데, 퓨처 아프리카를 그리려는 내 야심을 지식이 따라주지 못했다. 아무리 생각해도 안 쓴 게 다행이라고 생각한다. 그래도 그 이야기의 주인공 한 명이 《민트의 세계》 후반부에 카메오 출연하긴 한다.

앞의 두 이야기는 아이디어만 굴렸다. 하지만 지금부터 소개할 이야기는 거의 끝까지 썼지만 포기했다.

완성되지 않을 이야기들에 관하여

내용은 다음과 같다. 수학여행 중인 두 학교의 학생들이 한 호텔에서 만난다. 청춘물스러운 갈등이 일어난다. 그런데 그날 밤 갑자기 호텔에 불이 나고 아이들은 건물 위층에 갇힌다. 공포에 질린 아이들을 어떤 용감한 여자아이가 리드하고 그들은 위험지역에서 벗어난다. 하지만 아이들은 그 여자아이가 누구인지 모른다. 다들 상대방 학교 학생이라고 생각하고 있었는데.

진상은 다음과 같다. 아이들을 호텔에서 구출하는 건 불가능했다. 그들은 어쩔 수 없이 고통과 공포 속에서 질식하거나 타죽을 수밖에 없었다. 죽음은 막을 수 없었지만 고통과 공포를 줄여주는 건 가능했다. 호텔 바깥에서 일급 정신감응자가 텔레파시로 죽어가는 아이들에게 탈출의 환상을 제공해주는 것이다. 여기에 동원된 정신감응자는 이 시리즈의 다른 단편들에도 등장하는 율라 채라는 고정 캐릭터였다.

포함시키지 않은 이유는 두 가지가 있다. 우선 앰브로스 비어스의 〈아울크리크 다리에서 생긴 일〉과 너무 닮았다. 다른 하나는 더 결정적이었다. 나는 이렇게 아이들을 많이 죽이는 이야기를 또 넣고 싶지 않았다. 이걸 빼더라도 여섯 편이나 되는 이야기들이 폭력적인 상황에서 죽어가는 아이들을 다루고 있었다. 하지만 그럼에도 나는 여전히 이 이야기가 독자들이 모르는 율라 채 전기의 일부라고 생각한다.

아니, 세월호 은유는 아니었다. 《아직은 신이 아니야》는 그 사건이 일어나기 몇 년 전에 나온 책이다. 세월호 이후였다면 그 책에 수록된 이야기들 상당수는 다른 방향으로 흘러갔거나 쓰이지 않았을 것이라 생각한다. 현실세계의 비극을 재료 삼아 SF나 판타지를 쓰는 것은 위험한 일이다. 쓰지 않아야 한다는 게 아니라 극도로 조심해야 한다는 말이다. 이 세계의 이야기꾼은 현실의 재료들을 뒤틀 수 있는 힘을 갖고 있기 때문에.

또 뭐가 있을까? 아직 내가 어떤 이야기꾼인지 몰랐던 때 아기장수설화를 광주민주화항쟁과 연결시키려던 시도를 한 적이 있었다. 결국 안 썼다. 얼마나 다행인지. "마치 안개처럼"이라는 제목을 짓고 1930년대 미국 마술사의 실종이 현대 한국과 연결되는 시간여행 이야기를 쓰려고 시도했었는데, 한 줌의 추리소설을 통해 얻은 지식으로 1930년대 미국을 재구성

완성되지 않을 이야기들에 관하여

하려니 짜증이 났다. 결국 포기. 우연히 자기가 사는 가상현실 도시의 통제권을 쥐게 된 시민이 판사를 자처하며 그 안에 죽은 사람들을 위한 지옥을 건설하는 이야기도 어느 정도 썼는데, 그건 내가 생각해도 너무 야비한 이야기였고 분명 할란 엘리슨이나 그의 영향을 받은 작가들이 이미 썼을 거 같다.

자, 이것으로 끝이다. 몇 편 더 있긴 한데, 이들에 대해서는 확신이 서지 않는다. 아마 이들은 지금까지 언급한 이야기들보다 완성될 가능성이 높은지도 모른다. 그러다 계속 뒤로 밀린다면 지금과 같은 기회도 얻지 못한 채 완전히 망각 속으로 사라져버리겠지.

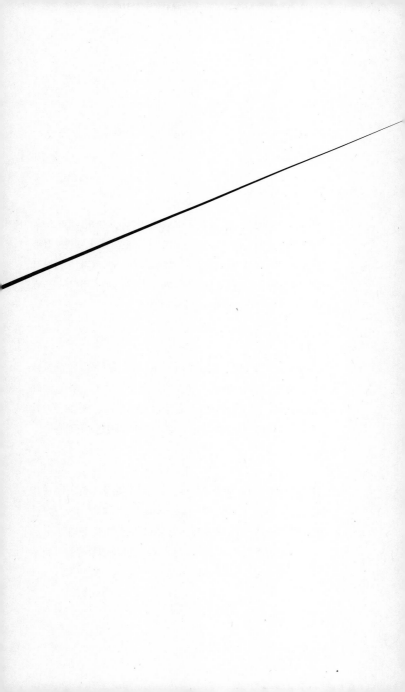

작가의 말

구부전

2005년 〈미스테리아〉 4호에 실렸다. 원래는 영화 계획으로, 어느 정도 시나리오도 진행되었다가 중단되었다. 나는 뱀파이어를 섹시하고 아름다운 존재로 그리는 걸 그리 좋아하지 않는다. 이 이야기에 나오는 뱀파이어들이 내가 생각하는 뱀파이어의 정상적인 표준에 가장 가깝다.

추억충

〈과학동아〉 2016년 6월호에 실렸다. 나는 "충"이라는 글자를 넣어 욕을 만드는 유행이 질색이다. 인간들의 한심함을 놀려대는데 왜 아무 상관없는 벌레들을 끌어들이는가. 그렇다면 "추억충"이라는 단어를 한번 다른 식으로 써보면 어떨까.

왕의 넋

〈문학3〉 2019년 2호에 실렸다. 나는 중세 유럽스러운 세계를 배경으로 하면서 기독교가 없는 척하는 판타지를 보면 늘 신기하다. 그래서 다르게 해보기로 했다. 판타지의 물리학이 당연한 우주라면 그곳의 기독교는 어떤 모양을 취할까?

가말록의 탈출

2007년 《잃어버린 개념을 찾아서》에 수록되었다. 청소년 앤
솔로지였지만 청소년 독자를 겨냥하고 쓴 건 아니다. 프로 스
포츠가 언제까지 순수한 인간만을 허용할 것인지 궁금해하다
가 쓴 글이었던 것으로 기억한다.

죽은 자들에게 고하라

〈크로스로드〉 2008년 10월호에 실렸다. 아니, 나는 스파이더
맨과 엔더 위긴의 이야기가 천 년 넘게 버틸 거라고 생각하지
않는다. 하지만 그때는 스파이더맨 이야기를 하고 싶었다.

겨자씨

〈크로스로드〉 2011년 7월호에 실렸다. 원래는 내가 어느 정
도 알고 있는 조류학자의 이야기에서 출발했는데, SF 장르 안
에서 굴리다보니 정말로 멀리 가버렸다.

안개와 더러운 공기 속에서

〈과학동아〉 2016년 1월호에 실렸다. 주인공 중 한 명은 내가
10년 넘게 머릿속에서 굴리고 있는 이야기의 주인공이다. 쓴
적 없는 이야기의 속편인 셈이다.

지은이..듀나

소설가이자 영화평론가다.

장편소설《민트의 세계》《제저벨》을 펴냈으며, 소설집은《브로콜리 평원의 혈투》《태평양 횡단특급》《면세구역》《아직은 신이 아니야》 《대리전》《용의 이》《나비전쟁》이 있다.

표지그림..안지미 + 이부록

Epictogram 연작, 1080×780, Digital Print, 2010

불가능하고도 가능한 세계
포비든 플래닛 FORBIDDEN PLANET

구부전

1판 1쇄 찍음 2019년 6월 25일
1판 1쇄 펴냄 2019년 7월 10일

지은이 듀나
펴낸이 안지미
편집 김진형 유승재 박승기
디자인 안지미 이은주
제작처 공간

펴낸곳 (주)알마
출판등록 2006년 6월 22일 제2013-000266호
주소 03990 서울시 마포구 연남로 1길 8, 4~5층
전화 02.324.3800 판매 02.324.2846 편집
전송 02.324.1144

전자우편 alma@almabook.com
페이스북 /almabooks
트위터 @alma_books
인스타그램 @alma_books

ISBN 979-11-5992-260-2 04800
ISBN 979-11-5992-246-6 (세트)

이 책의 내용을 이용하려면 반드시 저작권자와 알마 출판사의 동의를 받아야 합니다.

이 도서의 국립중앙도서관 출판예정도서목록CIP은 서지정보유통지원시스템
홈페이지http://seoji.nl.go.kr와 국가자료종합목록 구축시스템http://kolis-
net.nl.go.kr에서 이용하실 수 있습니다. CIP제어번호: CIP2019023409

알마는 아이쿱생협과 더불어 협동조합의 가치를 실천하는 출판사입니다.

종이 표지_팬시크라프트 110g/㎡ 본문_그린라이트 80g/㎡